文芸社セレクション

アンデルセン名句ほか

H.C.Andersen's words and other stories
付：ジプシー語案内

下宮 忠雄
SHIMOMIYA Tadao

JN126976

文芸社

日本・デンマーク国交150年を記念してアンデルセン展が2017年4月20日から6月25日まで、神奈川県の川崎市市民ミュージアムで開催された。アンデルセンが切り絵に使ったハサミの実物も展示されていた。アンデルセンは、30センチもの長いハサミで、これから「一本足の錫の兵隊」のお話をします、と言いながら、片脚を高く揚げた踊り子の切り絵を作りました。ほんの二、三分の間にですよ。一本足の錫の兵隊は、自分と同じだ、と思って、踊り子に恋をしました。

魔女の本

まえがき （preface, prolegomena）

『アンデルセン名句ほか』はアンデルセン、グリム、そのほか、いろいろな小話を集めた。長いものでは、ジプシー語案内（テキストと民話）を載せた。

配列はアイスランド以降、アイウエオ順になっている。

2023年3月現在、もう1年あまりも、理不尽なプーチンのウクライナ侵攻を思うとき、平和に暮らせる日本をありがたいと思った。1991年、ソ連は解体し、15の共和国（構成共和国 constituent republics）は、モスクワの指令を受けなくても、自由に生きられるようになった。東西冷戦を解消したゴルバチョフとプーチンは正反対である。悪の権化、プーチンはウクライナからネオナチを追放するためだ、と言っているが、ウクライナにネオナチはいない。ただ、西側と仲よくなりたいと言っただけだ。

日本は、1945年3月、東京大空襲のあと、沖縄の悲劇のあとも戦争を続け、1945年8月6日の広島原爆、1945年8月9日の長崎原爆のあと、ついに日本は無条件降伏した。

人間の条件（les conditions humaines）、指導者たる者の条件は何か、についても、考察を入れた。

　　　　西武池袋線、小手指（こてさし）のプチ研究室にて
2023年3月7日　　　　　　　　　　　　　　下宮忠雄

（アンデルセンは子供たちに童話を語るのが好きだった）

目　次

アンデルセン名句（H.C.Andersen's words）

日本語のあとに英語とデンマーク語を添えた。[1]

1. 私の生涯は一篇の美しい童話である。（自伝）

   My life is a beautiful fairy tale.

   Mit liv er et smukt eventyr.

2. 旅の生活は私にとって最良の学校だった。（自伝）

   Life of journey has been my best school.

アンデルセンは貧民学校（school for poor children, fattig-skole）でいじめられたが、イタリアの旅から『即興詩人』（1835）が、トルコの旅から『詩人のバザール』（1842）が生まれた。『即興詩人』はアンデルセンの1833年9月から1834年3月までのイタリア旅行を描写したものである。

『即興詩人』の主人公アントニオはローマに生まれ、イエズス会の神学校に学び、ダンテの神曲を知り、親友ベルナルドを得た。アントニオはオペラ女優アヌンチャータと知り合い、彼女のために即興詩を贈った。しかし、ベルナルドも彼女を恋していることを知り、二人は決闘した。アントニオはベルナルドを傷つけてしまった。彼はローマを逃れ、ヴェネチアに移って即興詩（impromptu）を作って暮らしていた。6年の歳月が流れ、26歳になったとき、場末の劇場で落ちぶれたアヌンチャータと再会した。

二度目に訪ねると、彼女は帰らぬ旅に出たあとだった。遺書に、彼女が愛していたのはアントニオであると書いてあった。私の代わりに、少女マリアを愛してくれるように、とあった。

1）下宮『デンマーク語入門』2013, 2017², p.200-202.

この青春小説は1835年4月に2巻本で出た。イタリアの風物と上流階級を描き、イタリア案内として成功を博した。出版と同時にドイツ語訳が『あるイタリア詩人の青春生活と夢』と題して1835年に出版され、スウェーデン語訳1838-39, ロシア語訳1844, 英語訳1845, オランダ語訳1846, フランス語訳1847, チェコ語訳1851, と続いた成功作であった。

　デンマークの作家が国境を越えたのは、ほとんど初めてであった。自伝的要素の多い『即興詩人』は、アンデルセンの詩と真実であると言われる。『詩と真実』（Dichtung und Wahrheit, 1814）はゲーテの自伝である。英国の詩人ブラウニング Robert Browning （1812-1889） と妻の Elizabeth Barrett Browning （1806-1861） は1845年4月に、ラブレターの中でアンデルセンの『即興詩人』を論じた。妻のエリザベスが「彼は魂の詩人です。本は美と魅力にあふれています」と言うと、夫のロバート・ブラウニングは「砂と野バラの国からやって来た男が、私の心のふるさととイタリアの風景やら音やら、あれこれ言いやがって」と評した。アンデルセンが1861年5月に Mrs.Browning を訪問したときエリザベスの12歳の息子ペンは「アンデルセンはみにくいアヒルみたいだが、心が白鳥になったんだね」と印象を語った。息子が、うまいことを言うじゃないの、とエリザベスが友人への手紙に書いた。その1か月後、Elizabeth Browning は亡くなった。

　森鷗外（1862-1922）が9年を費やした文語訳『即興詩人』（1892-1901, 春陽堂, 1902；医者としての仕事の合間に、日曜日に来客のないときに、翻訳を続けた）は明治の文学に大きな影響を与えた。原語デンマーク語からの散文訳に宮原晃一郎（1882-1945）訳『即興詩人』（金星堂、1923, 再版 養

徳社、1949）、大畑末吉訳『即興詩人』（岩波文庫、1960）が
あり、安野光雅絵・文『絵本・即興詩人』（講談社、2002）
は絵入りで楽しい。

3. 小さな祖国では詩人はいつも貧しい。だから名誉こそ詩
人が、つかまねばならない金の鳥なのだ。私が童話を語るこ
とによって、それが得られるかどうか、わかるだろう。

In a little fatherland the poet is always a poor man. Honor is
therefore, the gold bird he has to catch at. It will be shown if I can
get it by telling fairy-tales.；デ I et lille fædreland bliver digteren
en fattig mand；æren er derfor den guldfugl, han især må gribe
efter. Det vil vise sig, om jeg fanger den, ved at fortælle eventyr.
（デンマーク語全集、童話第3集、第1巻、1837）

4. 神さま、今日も、パンをちょうだいね。そしてバターも
たっぷりつけてね、と女の子が言いました。

Give us this day our daily bread, with a lot of butter on it, said
the little girl. デ Giv os i dag vort daglige brød, og dygtig smør på,
sagde den lille pige.（絵のない絵本、1839、第33夜）アンデル
センが14歳のとき、一人さびしくコペンハーゲンの屋根裏
部屋に住んでいたとき、窓を開けると、故郷のオーデンセで
見たのと同じお月さまが、ニッコリほほえんでいるではない
か。そして、お月さまがアンデルセンに「私が語ることを絵
に描いてごらん」と言った。原題はBilledbog uden billeder
（絵のない絵本）だが、英訳（H.W.Dulcken, London, Rout-
ledge, & New York, ca.1886）はWhat the Moon Saw（お月さま
が見たこと）となっている。

5. 詩人の庭にパンの木ができた。もうパンくずを貰うため
に歌う必要はなくなった。（詩人Ingemanへの手紙）

Now I have got a little bread tree in my poet's garden and will not be obliged to sing at everybody's door to get a crumb of bread any more !（Bredsdorff, p.132）

　アンデルセンは33歳のとき、詩人年金400リグスダラー（400万円）を貰えるようになり、1838年（33歳）から1847年（42歳）まで北ホテル（Hôtel du Nord）で作家活動を続けることができた。尊敬するデンマークの詩人エーレンスレーア（Adam Gottlob Oehlenschläger, 1779-1850；『黄金の角杯』1802）や、ノルウェーのイプセンも詩人年金を貰った。国家が有望な作家に投資したのである。

　それまで、月曜日の夕食はビューゲル夫人 Fru Bügel（卸売り商）のお宅で、火曜日はコリーン家（Collins）で、水曜日はエアステズ家（Ørsteds）で、というような生活を送っていた。ヨーナス・コリーン Jonas Collin（1776-1861）は王立劇場支配人で、枢密顧問官だった。アンデルセンに初等教育が欠けていることを知り、ギムナジウムに学べるようにしてやった。その息子エドヴァート・コリーン Edvard Collin（1808-1886）とその妻ジャネット Jeannette も、生涯、アンデルセンを助けた。

　1835年、『即興詩人』と『子供のための童話』で名声を得たあと、デンマークの大臣ランツァウ・ブライテンベルク Rantzau-Breitenberg に「何か希望はないか」との問いに「生活が苦しい」と訴えた。その結果、上記のように、1838年から詩人年金を貰えるようになった。

6.『即興詩人』が君を有名にするとすれば、童話は不朽のものにするだろう。Gør Improvisatoren Dem berømt, så vil Eventyrene gøre Dem udødelig. アンデルセンがコペンハーゲン

大学に入学したとき、その学長エアステヅ Hans Ørsted（1777-1851, 電磁気を発見）がアンデルセンに言ったことばで、予言どおりになった。

7. 褐色のひとみと青いひとみ。De brune og de blå øjne. 褐色のひとみはアンデルセンが25歳のときの初恋リボーウ・フォークト Riborg Voigt（1806-1883）を、青いひとみは第二の恋ルイーズ・コリーン Louise Collin（1813-1898）を指す。前者から童話『コマとマリ』が、後者から名作『人魚姫』が誕生した。

8. 数千年後には人間が蒸気の翼に乗って、大海を越えて飛ぶことができるだろう。In a thousand years one can fly on steam wings over the ocean. とアンデルセンは言ったが、その予言よりも、はるかに早く、1927年にはリンドバーグが大西洋を越えて、ニューヨークとロンドンの間を飛ぶことができた。

9. 湖は平和な水たまりのはずだが、結婚の湖には障害物があるものだ。それをソクラテスはクサンティッペと名づけた。（ABCの本、1858）In the lake of marriage, it is told, there is a cliff of Socrates, called Xantippe. デ I ægteskabssø skal der findes en klippe, af Sokrates blev den betegnet Xanthippe.

10. コウノトリがぼくにかわいい女の子を連れて来てくれないかなあ。You could ask the stolk, if she can bring me a little girl. デ Du kunde jo spørge storken, om han ikke vil bringe mig en lille pige.

　1875年4月2日、アンデルセンの70歳の誕生日に、メルキオール（Melchior）家の孫娘シャルロッテに「何かほしいものある？」と尋ねられた。そこで、「コウノトリが…」と

なった。晩年、この別荘に住んでいたアンデルセンは、生涯、独身で、マイホームも持たなかった。その4か月後、1875年8月4日、アンデルセンは70年の波乱の生涯を終えた。アンデルセンは死んだが、作品は残り、世界の遺産となっている。

His work remains as world heritage.

『親指姫』（Thumbelina, Tommelise）がヒキガエルの母に息子の嫁にと求婚される（右上Dulcken 英訳の挿絵、画家不明）とE. V. Boyle 画（H. C. Andersen's Fairy Tales. London 1872）「ヒキガエルのお嫁さんなんていやだわ」「逃げられるようにスイレン葉の茎を食いちぎってあげよう」と魚たちが助ける。モグラと結婚されそうになるが、ツバメに助けられ、花の精の王子（blomstens engel, flower-sprite）と結婚できた。

親指姫は花の精の王子と結婚しました。

アンデルセンと印税 （Andersen and royalty）

　アンデルセンの童話集の販売数は、デンマーク国内では、たかが知れている。英語訳は、デンマーク国内の何十倍も売れたが、国際版権が確立していなかった19世紀には海賊版が横行した。良心的な出版社ローク（ライプツィヒ）、ベントリー（ロンドン）、スカッダー（ニューヨーク）からは契約で、相当の謝金を得ることができた。アンデルセンの1週間の夕食の日程は、月曜日・木曜日はビューゲル夫人宅、火曜日はコリーン家宅、水曜日はエアステズ教授宅、金曜日はヴルフ大佐宅（シェークスピア翻訳家）といった具合だった。土曜日はフリーで、招待があればそこで、なければ学生食堂を利用した。

　1838年、33歳のとき、アンデルセンは詩人年金poet pension（400リグスダラー、400万円）がもらえるようになった。「詩人の庭にパンの木ができた。もうパンくずのために歌う必要はなくなった。」Now I have got a little bread tree in my poet's garden and will not be obliged to sing at everybody's door to get a crumb of bread any more！（Bredsdorff, p.132）。　デ：Nu har jeg dog et lille brødtræ i min digterhave, behøver ikke at synge for hver mands dør for at få en brødkrumme！デンマークの詩人アダム・エーレンスレーア Adam Oehlenschläger（1779-1850）やノルウェーのイプセン（1828-1906）も同じで、国家が有望な人材に対して投資したのである。400万円あれば住居と食費が払えるし、ときどきは旅行もできる。

アンデルセン 『アグネーテと人魚』 (1833)

Agnete and the mermaid

　アンデルセンは「アグネーテと人魚」という2部からなる戯曲詩（dramatic poem, デ dramatisk digt）を、スイスの保養地ル・ロークル（Le Locle）で書いた。ここにデンマーク語抜粋、日本語訳を掲げる。原文はアンデルセン全集第10巻（369-461頁、東海大学図書館蔵書、平林広人氏寄贈）で、ここには、その抜粋のデンマーク語と日本語訳を掲げる。Agnete はアウネーテが、より近い発音であるが、ここでは慣例のアグネーテとした。同様に、アナセンではなく、アンデルセンとした。綴り字は現代風に改めた。この戯曲詩を散文に書き直したのが、名作『人魚姫』（1835）である。

登場人物

ゲルトルード：漁師の未亡人。

アグネーテ：その娘。

ヘミング：バイオリン弾き、ゲルトルードの家に下宿。

人魚（の男）：アグネーテに求婚する。

場所：フューン（Fyn）島北部のオーデンセ・フィヨルド。

年代：1106年ごろ。

1. H.C.Andersen skrev i 1833 et dramatisk digt i to dele. Digtet, som hedder "Agnete og Havmanden", stammer fra en dansk folkevise.

　アンデルセンは1833年に2部からなる戯曲詩を書いた。その詩は「アグネーテと人魚」といい、デンマークのバラッドに題材をとっている。

2. Første del behandler Agnete på Holmegaard og havmandens bryllup. Anden del handler om Agnete, som er nu blevet havman-

dens viv.

　第1部はホルメゴーアのアグネーテと人魚の結婚式を、第2部は、いまは人魚の妻となったアグネーテを扱っている。

『アグネーテと人魚』第1部（p.371-421：出会いと結婚）

3.　Agnetes far var fisker. Hun var døbt i den salte bølge. Hun var havets barn. Hun drømmer altid om havet.

　アグネーテの父は漁師だった。彼女は海の塩の波で洗礼を受けた。彼女は海の子だった。彼女はいつも海を夢見ている。

4.　Hendes far døde i Kattegat omtrent 1106. Gertrud, hendes mor, nu en enke, boede med Agnete på Holmegaard.

　彼女の父は1106年ごろ、カテガット海峡で死んだ。彼女の母ゲルトルードは、いま未亡人となって、アグネーテと一緒にホルメゴーアに住んでいた。

　［注］父の死の場所と年代をあげているのがアンデルセンの特徴。童話もその場合が多い。Holmegaardは「島の屋敷」の意味で、フューン島Fyn（デンマーク本土とユトランド半島の間にある）の北部にある。

5.　Hemming, en spillemand, kommer tit hos Gertrud. Han bor nu hos Gertrud og Agnete.

　ヘミングというバイオリン弾きが、ちょくちょくゲルトルードの家にやってくる。彼はいまゲルトルード母娘の家に住んでいる。

6.　Hemming elsker Agnete, men det gør hun ikke. ヘミングはアグネーテを愛しているが、彼女のほうでは違う。

7.　Bølgens sang：（første chor）Ser du, der ved stenen atter står den smukke Evadatter. Hun ser på os i sine drømme, medens luftens friske strømme bølger om hendes lette klæder.

波の歌：（第一のコーラス）ごらん、あの岩のそばに、また、あの美しいエバの娘が立っているよ。［女性はみなエバの娘］彼女は夢の中で私たちを見ているのだ。空気のさわやかな流れが、彼女の軽やかなドレスを波立たせている間に。

8.（Andet chor）Pige, lad mig omslynge dig, bryst mod bryst vil vi da gå. På min arm skal jeg hæve dig, højt mod himlen vil vi svæve.

（第2のコーラス）娘さん、私にお前を抱かせておくれ。胸を合わせて一緒に行きましょう。私の胸にお乗り、空に向かって高く舞い上がりましょう。

9.（Havmanden synger）Jeg ved et slot, dets væg og tag er grønne bølger. Dets søjler er de stride strømme, hvor hvaler og del-phiner svømmer !

（人魚が歌う）私は一つのお城を知っている。その壁と屋根は緑の波だ。その柱は激しい流れで、クジラやイルカが泳いでいるところだ。

10. Agnete：Hvo er den fremmede? En riddersmand?

アグネーテ：見かけぬお方は、どなたですか。騎士ですか。

［hvoは古形で、現代語はhvemで与格（cf.英語 whom, him）だが、これが主格にも目的格にも用いられる。古代英語はhwā, ゴート語はhwas］

11. Havmanden：Hil være dig Agnete !

人魚：アグネーテ、こんにちは（あなたに挨拶あれ）。

12. Agnete：I mig kender? Ej så jeg Eder før ! I er en ridder ! Dog ej I hører hjemme her i egnen.

アグネーテ：あなたは私をご存じなのですか。私はあなたに

お会いしたことはございません。あなたは騎士ですね。しかし、あなたはこのあたりのお方ではありませんね。

[注] I は「あなた」の敬称で、英語ye にあたる。høre「聞く」から「人の言うことを聞く、村の長、目上の人の言うことを聞く」から「属する」の意味となる。

13. Havmanden：Hvor vil du hen？ vi er naboer. Du bor ved havet：havet er mit hjem, der færdes jeg.

人魚：どこへ行くのですか。私たちは隣人同士ではありませんか。あなたは海辺に住んでいます。海は私の故郷です。私が行き来しているところです。

14. Agnete：Fribytter er I altså？

アグネーテ：では、あなたは海賊ですの？

15. Havmanden：Ja, som du vil！ tit gør jeg herligt bytte. Tro ej, min vej begrænses her af Danmark.

人魚：ええ、どうにでもとってください。ときどき、すごい獲物があります。しかし、私の道はここデンマークだけだとは思わないでください。

16. Agnete：I har da sikkert da I kom så vidt, set Golgotha og Paradisets Have？ Det ligger jo mod Øst, langt over Havet？

アグネーテ：では、あなたはそんなに遠くまで行ったことがあるなら、きっと、ゴルゴタ（キリストが処刑された山）や楽園の庭をご覧になったのでしょうね。楽園は東のほうに、海のずっと向こうにあるのでしょう？

[注] paradis（楽園）はペルシア語より。

17. Havmanden：Jeg bragte mangen pilgrims-skare dit, hvor Mahoms måne lyser over korset. Græklands stolte Gudebilder, halv sønderbrudte, ligger skjult i græsset. Der lærte jeg：selv Guderne

må dø！

人魚：私は多くの巡礼者の群れをマホメットの月が十字架の上に輝いているところへ連れて行きました。ギリシアの誇り高い神々の像が、半分壊れて、草の中に隠れて横たわっています。そこで私は知りました。神々でさえ死なねばならないのだと。

18. Agnete：Du skrækker mig！ Hel sælsom er din tale！ Hvem er du dog?

アグネーテ：恐ろしい！　あなたのお話はまったくふしぎです。いったいあなたはどなたですか。

19. Havmanden：En trofast ven, Agnete. Lev vel！ vi mødes snart igen, ved stranden.（forlader hende pludselig）

人魚：私はあなたの忠実な友です、アグネーテ。お元気で。また近いうちに海辺でお会いしましょう。（突然、彼女のもとを去る）

20. Agnete：Var det en drøm? Nej！ klarhed selv jeg fik！

アグネーテ：夢だったのかしら。いいえ、頭ははっきりしていたわ。（草むらに妖精たちがたわむれている。最初の妖精は人魚に応援し、別の妖精はヘミングに応援する。翌日、ゲルトルードの部屋で）

21. Hemming：Jeg fik det sagt. Jeg sagde hende. Ja, det sagde højt min kærlighed. Først blev hun tavs, så drykkede min hånd og sagde mig, hun var mig god af hjertet.

ヘミング：ぼくは言ったぞ。声を出して彼女にぼくの愛を告げた。彼女は最初、黙っていた。それからぼくの手を握り、ぼくに言った。彼女はぼくに好意をもっていると。

22. Gertrud（med tårer）：Du elsker hende. Ja, det ved jeg nok！

Du er mig kær, du er min gode søn. Jeg vil ej tvinge hende til en rig. Har I hinanden kær, da ægt hinanden！〔hinanden 'each other'〕

ゲルトルード（涙を浮かべて）：あなたは彼女を愛しているのね。私にはよくわかりますよ。あなたは私にとって、いとしい、大事な息子です。私は彼女を無理に金持ちに結婚させるつもりはありません。お互いに愛しているなら、結婚しなさい！

23．Hemming：Agnete, det er sagt！ Hun ved det hele. Du er min brud！

ヘミング：アグネーテ、決まったぞ。お母さんはすべてご存知だ。君はぼくの花嫁だよ。

24．Agnete：Din brud！

アグネーテ：あなたの花嫁ですって！

25．Gertrud：Nå, pige！ hvor du står！ kom til dig selv！ Hvad er der mere—？

ゲルトルード：さあ、娘よ。どうしたんだい。しっかりしなさい。ほかに何があるんだい？

26．Agnete（tankefuld）：Jeg tænkte på mit bryllup！

アグネーテ（考え込んで）：私の結婚式のことを考えていたの。

27．（Mor Gertruds stue）Agnete：Hans brud！ Jeg er hans brud？ Snart holdes bryllup！ —Jeg gav ham "Ja". —Nej, tavs var min læbe.

（母ゲルトルードの部屋で）アグネーテ：彼の花嫁ですって？　もうじき結婚式だわ。—いいえ、私のくちびるは黙っていたわ。〔tavs 'silent' cf. 古代ノルド語þegia, ゴート語þahan, ラテン語taceō 'to be silent'〕

28. 人魚がひさしぶりに登場。

Havmanden：Agnete, kend mig i din drøm, trofast og øm！Har du mod, vil du følge mig på bølge?

人魚：アグネーテ、きみの夢の中に現れた私を思い出しておくれ。私は忠実で、やさしい男だ。もし勇気があるなら、波に乗って私についてきてくれないか。

29. Agnete（i drømme）：På bølge！

アグネーテ（夢の中で）：波に乗ってですって！

［i drømme（夢の中で）の -e は古い与格。drøm 夢］

30. Havmanden：Udødelig sjæl！ —Tør du følge med under bølge? Jeg skal berede dig dernede et jordlivs glæde og lykke！Følg mig derned, dybt under ø, jeg skal ellers må dø！

人魚：不死の魂よ！ —きみは波の下をくぐってぼくについてくる勇気があるかい？ ぼくはきみに海の世界で地上の喜びと幸福を用意してあげるつもりだ！ ぼくについてきておくれ。島の沖の海底に。でなければ、ぼくは死んでしまう！

31. Agnete（i drømme）：Som bølgesang klinger hans tale og går til mit hjerte. I havet, ja i havet er mit hjem, der fødtes jeg, nu er jeg der！

アグネーテ（夢の中で）：まるで波の歌のように彼の話は私の心に響く。海に、そう、海に私の故郷があるんだわ。そこで私は生まれたんだわ。いま、そこにいるんだわ。

32. 従妹のキアステン（ゲルトルードの姉妹の娘）が事の次第をゲルトルードとヘミングに告げる。

Liden Kirsten：Jeg sad ved skrænten, da kom med ét en bølge midt derude, og da den faldt, så jeg den smukke havmand. Han sang så smukt, så jeg blev ikke bange！Han kaldte på Agnete og

24

hun kom. Og tænk dog, moster, hun sprang ud i vandet! Jeg så,
hun sank, og havmanden med hende.

幼いキアステン：私は斜面に座っていたんです。すると、突
然、波が海のまんなかにやってきて、波が落ちたところに美
しい人魚が見えたんです。彼はとても美しい声で歌ったの。
だから、私こわくなかったわ。彼はアグネーテを呼んだの。
すると、彼女はそれに従ったのよ。考えてもごらんなさい、
おばさん、彼女は海に飛び込んだんですよ。そして人魚も一
緒に。[med ét突然。'auf einmal, mit einem mal']

33. Hemming：Hun har ej elsket mig! jeg var en dåre, jeg var
ikke smuk nok. Ej rig! hvad kunne jeg vel byde hende? Et hjerte
er ej nok for nogen kvinde! Jeg følger med zigeuner-skaren bort
til nye lande og til nye glæder!

ヘミング：彼女はぼくを愛してなんかいなかった。ぼくはバ
カだった。美男でもないし、金持ちでもない。ぼくは彼女に
何を提供できるんだろう。ハートだけでは女に十分じゃない
のさ。ぼくはジプシーの群れについて、一緒に、新しい国へ
行き、新しい喜びを探そう。

34. Gertrud：Vil også du forlade mig, mit barn?

ゲルトルード：息子よ、お前も私から去ろうというのか。

　　第1部終幕：人魚の結婚式。Efterspil til første del. Havman-
dens bryllup.

場所：カテガット海峡の、ある船のデッキで。老船頭が昔
（50年前）ノルウェーで遭難にあったことを語る。

35. Den gamle styrmand：Jeg husker altfor tydeligt en jul, for
mange år tilbage. Jeg var ung, gik med et skib ; vi var under

Norge, og mens vi spiste vores julegrød, tog stormen til og drev os ind mod kysten. Der druknede mand og mus, undtagen jeg.

老船頭：いまでもはっきり覚えている。もう何年も前の、あるクリスマスのことだった。私は若かった。ある船に乗っていた。私たちはノルウェーの沖にいた。そしてクリスマスのおかゆを食べている間に、嵐が起こり、船は海岸に吹き付けられた。全員が溺れて死んだ。私だけが助かったのだ。

　［注］mand og mus 人とネズミ、誰もかれも。mの頭韻（alliteration）に注意。

36.　Drivvåd sad jeg imellem nogle skær. Der stod en klippe lodret op af vandet, den lignede overdelen af en mand. Men det var sten det hele, så jeg nok！Rundt omkring den store sten svømmede en mængde kvinder, nøgne, dejligt skabte, men underdelen var en fiskehale.

　びしょ濡れになって、私は岩礁の間に打ち上げられた。海の中から断崖が一つそそり立っていた。それは男の上半身に似ていた。しかし、それは全部石だった。私は、はっきり見た。その岩のまわりに大勢の女が泳いでいた。裸で、美しい体形をしていたが、下半身は魚のしっぽだった。

　［注］nøgn［ノイン］裸の。naked, nackt, ラ nudus.

37.　En mellem dem, den smukkeste, kyssede stenen；se, da rørte stenen sig！Da kom jeg til at råbe；"Herre Jesus！" Og samme øjeblik forsvandt det hele.

　［注］komme til…「…するにいたる」

　その中の一人、一番美しい女性だったが、岩にキスした。すると岩が動いたのだ。そこで、私は思わず叫んでしまった。「主、イエスよ」と。すると、その瞬間、一切が消えてし

まったのだ。

38.　Dybt fra vandet klang det vemodigt∶ "Du har dræbt ham, gjort mig ulykkelig, Mægtig Christendrot bandt min stolte brug-dom, forvandlede ham til fjeld. Mig blev det givet, hver julenat, ved kys og kærlighed at vække ham til liv i midnat. Nu har dit ord ham atter bundet fast i hundrede år." Således sang hun.

　海の底から嘆きの叫びが聞こえた。「お前は彼を殺した。私を不幸にした。強大なキリストの神が、私の誇りだった花婿を縛りつけ、岩に変えてしまったのだ。毎年、クリスマスの夜に、真夜中に、愛情のこもったキッスで彼を生き返らせることが私に許されていたのに。いま、お前の言葉が彼を、百年間、縛ってしまったのです」。このように彼女は歌った。

39.　Ej blot vi mennesker fik kærlighed, den bygger også under havets bølger.

　愛情を抱くのは、われわれ人間ばかりではない。海の波の下の世界にもあるのだ。

40.　Søfuglene∶Stakkels ungersvend på skibet, hvorfor er du så sorgfuld? Hørte du, hvad bølgen synger, så du, hvad vi ser dernede, ville du glædes,

　海鳥たち：船に乗ったかわいそうな若者よ、お前はなぜそんなに悲しそうなのか。もしお前が波の歌を聞き、われら海鳥が海底で見るものを見たら、お前は喜ぶだろう。

41.　Et eventyr herligt, skønnere end det, den gamle fortalte dem nys på skibet. Ser vi på grønne havbund, der er bryllupsfest dernede.

　すてきな話だ。老人が彼らに最近、船の上で語ったよりも美しい。緑の海底を見ると、そこは結婚式の祝宴だ。

42. （Havet, første chor）: Sidste nat, mens skyen blottede mån-
ens skyve, byggede vi trylleslottet dybt, hvor nu Agnete bor, med
bornholmske diamanter.

（海、第1のコーラス）: 昨夜、雲がまるいお月さまを隠し
ている間に、私たちは海底に魔法のお城を建てました。いま
アグネーテが住んでいるところです。ボルンホルムのダイヤ
モンドで建てたのです。

［注］Bornholm ボルンホルム島、デンマーク領。

43. （fjerde chor）: Solen synker nu i voven, bryluppsmorgenen
er nær; thi når det er nat heroven, rører først sig livet der !

（第4のコーラス）: 太陽がいま波間に沈む。結婚式の朝は
近い。なぜなら、地上が夜のとき、海底では、ようやく生活
が始まるからだ。

44. Nu hun vågner. Toner klinger ! Hjertets dybe fred hun har.

［注］散文では語順が har hun となる。

いま彼女は目をさます。鐘が鳴る。心の底から彼女は喜び
を感じる。（第1部終了）

『アグネーテと人魚』第2部（幸福な結婚と破滅）
人魚の妻になったアグネーテ。舞台はフューン島。1156年。
Anden del : Agnete, havmands viv. Scenen er i Fyn 1156（pp.421-
461）.

45. Bølgerne : Et halvhundred' år er gået siden bryllupet stod.
Agnete, ung og dejlig, som før, lever som havmands viv, med de
små, hun gav liv.

波たち: 結婚式から50年が経った。アグネーテは昔と同じ
ように若く美しい。人魚の妻になって、彼女が生んだ子供た

ちと一緒に暮らしている。

46. Bøgeskoven：Siden Agnete gik, sang Hemming en vise så mangen gang, men hans hjerte blev begravet forlængst dybt under havet！

ブナの森：アグネーテが去ってから、ヘミングは何度も歌を歌った。しかし、彼の心はずっと以前に海の底深くに葬られてしまった。

　［ブナの木（ド Buche, 英 beech）はデンマークの象徴］

47. Bølgerne：Der kommer igen den gamle mand. Som ungersvend har vi godt ham kendt. Vi ved, hvad der er hændt i hans hjerte. Halvhundred' år er' til ende. De syntes som syv kun for hende！ Han kommer nynner tit, "Agnete var elsket, uskyldig og god！"

波たち：またあの老人がやって来た。若者だったころの彼を私たちはよく知っている。彼の心に何が起こったか知っている。50年が経った。彼女には7年しか経っていないように思われた。彼はよく鼻声で歌う。「アグネーテは愛されていた。すなおで、いい子だった」。

　［注］er' = ere. 19世紀には動詞の単数と複数で語尾が区別されていた。jeg er 'I am', vi ere 'we are'.

　アグネーテを恋していたヘミングは、もう70歳だが、結婚式に呼ばれると、そこで歌う。

48. Hemming：Jeg er jo også her en fattig fugl, og bygged' derfor rede, som de andre. Der kan jeg også ligge, når jeg dør.

ヘミング：ぼくもここでは小鳥だ。だから、ほかの小鳥と同じように巣を作ったのだ。ぼくも死ぬときは、そこに横になろう。

人魚のお城は琥珀（こはく）のお城（Ravslot）。子供が床で遊んでいる。アグネーテがゆりかごのそばに座って歌を歌う。

49.　Det ældre barn：Nu græder du igen！ det må du ikke, thi ellers dør jeg fra dig, søde mo'er. O, tag mij på dit skød, der vil jeg ligge！

年長の子供：また泣いている。泣いちゃだめだよ。でないと、ぼくは死んじゃうよ、やさしいママ。ひざの上に乗せてよ、ぼくそこが好き。

　［注］mo'er=moder, mor, modersmål（母国語）のような場合は古い綴り字を用いる。

50.　Barnet：Fortæl mig en historie. Fortæl mig noget om et slot, en stad, om sol og måne og folk deroppe, og de små fugle, der har vinger på.

子供：お話してよ。お城とか、町とか、陸の人たちについてお話してよ。翼をもっている小鳥についてお話してよ。

51.　Barnet：Der vil vi rejse op, når jeg er stor！ Har også menneskene fiskhale? Hvorfor har du ingen, søde mo'er? Hvorlænge kan sådan rejse vare? Sig, hvorfor har du ingen fa'er og mo'er?

子供：ぼくが大きくなったら、ぼくたちはそこへ行こうよ。人間も魚のしっぽをもっているの？　やさしいママには、なぜしっぽがないの？　しっぽのない人はどのくらい旅を続けられるの？　教えて、なぜママにはパパもママもいないの？

52.　Agnete：I barneord er tit en dyb betydning！ Jeg har ej længe tænkt på gamle dage. Syv lange år har min mo'er ej set sit barn. Og uden et levvel gik jeg fra hende！（bryder i gråd）En moder ved kun, hvad en moder føler！（kysser sine små）

30

アグネーテ：子供の言葉には、ときどき、深い意味がこもっている。お母さんはもう長い間、昔のことを考えなかったわ。私のママはもう7年も自分の子供に会っていないのよ。そして、さよならも言わずに、お母さんのもとを去ったのよ。（ワッと泣き出す）母親の気持ちは母親にしか分からないのに。（子供たちにキッスする）

夫の人魚が帰ってくる。浜で捕らえた小鳥を子供たちのおみやげに持って来た。

53. Havmanden（stiger ned）：Du vil blunde, nu jeg kommer fra den lange bølgevej?

人魚（下に降りて来る）：ぼくが長い波の旅から帰って来たのに、きみは居眠りしているのかい。

　［注］nu jeg kommer…私が来たからには、来たのに。

54. Agnete：Vilde mand, hvor har du færdet? Grusom, ved jeg, var du ej.

アグネーテ：異教の人よ、あなたはどこへ行っていたんですか。あなたが残酷なことは一度もありませんでしたわ。

55. Havmanden：I det høje græs ved stranden, hvor den brune hytte stod, lå en vildmand, dybt han blundede. Hos ham sad hans unge kvinde, to småbørn i skødet lå.

人魚：浜辺の深い草の中に、茶色の小屋が立っているところに、宿なしの男を見た。ぐっすり眠っていた。若い妻も一緒にいた。二人の子供がひざの上に乗っていた。

56. Havmanden：Det var jo vort eget billed', mig og dig med vore små！

人魚：それは私たち自身の姿だったのだ。ぼくときみと、二人の子供だ。

57. Fuglen：Hist til bryluppsfest, de ringe！
小鳥：結婚式の祝宴を聞いてごらん。鐘が鳴っている。

　海の底に捕らわれの身となった小鳥から、教会の鐘を聞いてごらん、と言われて、アグネーテは7年ぶりに故郷を思い出す。

58. Havmanden（kommer）：Dølg mig ej din smerte, alt du mig betro！ Sørgen i dit hjerte røver mig min ro. Alt, hvad du kan drømme, bringer jeg før nat.
人魚（が帰ってくる）：きみの悲しみを隠さないでおくれ。なんでも打ち明けておくれ。きみの心の中に悩みがあると、ぼくは平静でいられない。きみが夢に見ることは何でも、夜にならないうちに、もってきてあげよう。

59. Agnete：Hør, gennem vandet lyder den dybe klokkeklang！O, lad mig gå til kirke, kun een eneste gang！ Een time kun deroppe, og jeg kommer her igen！ Jeg vil holde min altergang；ej holdt jeg længe den.
アグネーテ：聞いてください。海の底まで深い鐘の音が響いてきます。ああ、教会へ行かせてください。たった一度で結構ですから。陸に、1時間だけで結構です。そうしたらここへ帰って来ます。私は祭壇でお祈りをしたいのです。もう長いことお祈りをしていません。

60. Agnete：Derfor er jeg bedrøbet, derfor er min barm mig trang；O lad mig gå til kirken, kun een eneste gang！
アグネーテ：ですから私は悲しいのです。ですから私の胸は痛むのです。ああ、教会へ行かせてください。たった一度だ

けでよいのです。

61. Havmanden：Agnete, vil du gå fra os? Vil du forlade dine
små? Hvis vi aldrig gense dig her, så har de ingen moder mere. De
vil flyde vildsomt på sø, thi uden dig, da må de dø！ Ej skabt for
jord, ej skabt for hav, de uden dig, har de kun en grav.

人魚：アグネーテ、きみはぼくたちのところから行ってしま
うのかい？　きみの子供たちを見捨てるつもりなのかい？
もしきみをここで二度と見ることができなければ、子供たち
に母親がいなくなる。彼らはあてもなく海の上をさまようだ
ろう。だって、きみがいなければ、彼らは死ななければなら
ない。陸に住めるようにも、海に住めるようにも、作られて
いないんだから。きみがいなければ、彼らにはお墓があるだ
けなんだよ。

　彼女はワッと泣き出し、彼の胸に顔を埋める。彼は悲しげ
に彼女を見つめる。

62. Havmanden：Græd ej！ din tåre faldt på mig！ Ej bølgen er
så tung, så salt！ Dit hjerte slår mod hjemmets ø！ Af længsel kan
liden fugl dø！

人魚：泣かないでおくれ。きみの涙がぼくに落ちたよ。波で
さえこんなに重くはない。こんなに塩辛くはない。きみの心
臓が故郷の島に向かって鼓動する。憧れのあまり、小鳥でさ
え死ぬこともある。

63. Havmanden：Agnete, kom da i min favn, thi jeg har følt din
sorg, dit savn！ Hvert ønske skal du få opfyldt, det har jeg sagt.

人魚：アグネーテ、ぼくの胸の中へおいで。きみの悲しみが
分かった。きみに必要なものが分かった。きみのどんな願い

も聞き届けてあげよう。ぼくはそう言ったんだから。

64.　Havmanden：Glem ej de små！Den mindste her har altid dit
hjerte mest kær, ej blot et pant på kærlighed, men, at du kommer
atter ned.

人魚：子供たちのことを忘れないでおくれ。ここにいる小さ
なほうの子は、いつもきみの心を求めている。愛情の証拠を
示すだけでなく、海底に帰ってくることで示してくれよね。

65.　Havmanden：Jeg kysser dine øjne, øre, mund, og bringer dig
fra havsens bund（=havets bund）. På kystens tange vil du vågne.

　［注］havets bund（海の底）は古代ノルド語の語法で、hav-s
（海の）en-s（定冠詞）のように属格語尾-s を繰り返す。現
代語は havets bund といい、hav-et-s（of the sea）名詞・定冠
詞・属格となる。

人魚：きみの目、耳、口にキッスして、海底から陸に連れて
行ってあげよう。海岸の岬の上で、きみは目を覚ますだろう。

66.　Havmanden：Gå da til kirke, men se til at der er en time kun
går hen, så vil jeg hente dig igen, og du vil trofast gå med mig, ej
glemme mig og vore små！

人魚：さあ、教会へお行き。しかし、気をつけて。時間は1
時間しかないよ。そうしたら、きみを迎えに行く。だから、
きみは約束通り一緒に帰るんだよ。ぼくとぼくたちの子供た
ちを忘れないでおくれ。

67.　Agnete：Dig jeg følge dybt under bølge！Du vil bringe mig
op til mit hjem, hvor klokkerne klinger. Ja, du elsker mig！Dig vil
jeg følge atter！

アグネーテ：波の下を、深く、あなたについてまいりましょ
う。私の故郷へ、鐘の鳴っているところへ、連れて行ってく

ださい。ええ、あなたは私を愛してくれています。私はあな
たに従います。

68.　Havmanden：Så kom da gennem dybets blå！ Forlad de små
！ Giv dem et kys, og så på vej！ Men væk dem ej！ Nu kan og må
du ikke græde！

人魚：さあ、海底の青の中を通って行こう。子供たちにお別
れを告げて、キッスをして。さあ、出かけよう。だが、彼ら
を起こさないでおくれ。もうきみは泣かなくてすむね。

69.　Agnete（kysser børnene）：Sov, til jeg atter kommer！ farvel
！ － det er så hårdt！ Tilgiv, til eders moder går fra jer sådan bort！
I rører dybt mit hjerte, som kirkeklokkens klang！

アグネーテ（子供たちにキッスする）：眠れ、私が帰ってく
るまで。さようなら。―こんなにもつらいなんて。許してお
くれ、お母さんがこうやって別れて行くことを。お前たちは
私の心を深くゆさぶる。教会の鐘が鳴り響くように。

　アグネーテが7年ぶりに地上に戻ると、人間の世界では50
年が経っていた。

70.　Agnete（vågner op ved sivene）：Hvor solen alt står højt！
Hvor jeg har sovet og drømt！ ja ret en sælsom drøm！ nej！ Det
var ej drøm！ ja ret en sælsom drøm！ Jeg har endnu hans ring.

アグネーテ（葦のかたわらで目をさます）：太陽がもうあん
なに高く昇っている。ずいぶん眠ったんだわ。それに、なん
という夢を見たんでしょう。本当にふしぎな夢だったわ。い
え、夢ではないわ。まだ彼の指輪があるわ。

71.　Agnete：Een time har jeg orlov her at blive！ Jeg er som født
på ny！ Her er mit hjem！ Her er jo Holmegaard, min moders hus,

men halv i grus !

アグネーテ：私はここに1時間滞在できる許可をもらったん
だわ。まるで生まれ変わったみたい。ここが私の故郷、ここ
がホルメゴーア、私の母の家があるのね。でも半分は朽ち果
てているわ。

［海の世界の1時間は陸の世界の7時間にあたる］

72. Agnete：Vor lille have står kun som en græsplet ! Kan da
syv somre rent forandre alt ! Hvor er min moder dog ! Døren er
længst falden. Hun er vist død !

アグネーテ：私たちの小さな庭は、まるで草原のようだわ。
7夏（7年）で、こんなにも変わってしまうのかしら。いっ
たい、お母さんはどこにいるのかしら。ドアはずっと昔に倒
れてしまったんだわ。お母さんはきっと死んでしまったのね。

73. Agnete：Måske den gamle mand, som kommer der, kan sige
mig et trøstens ord om hende. O, hvis hun leved' ! Han vist kender
hende !

アグネーテ：あそこからやってくる老人が、もしかしたら母
について慰めの言葉を言ってくれるかもしれない。ああお母
さんが生きていたら！　彼はきっと母を知っているわ。

74. Hemming：Mo'er Gertrud, siger Du? Det er jo snart de fyrre-
tyve år hun lå i graven ! Hvem er Du smukke barn? (Han stirrer
på hende) O, Herre Jesus ! Agnete !

ヘミング：ゲルトルード母さんだって？　彼女がお墓に入っ
てからもうじき40年になるよ。美しい人よ、あなたはどな
たですか。（彼は彼女をじっと見る）おお、神さま、アグ
ネーテだ。

75. Hemming：Den samme skikkelse, det samme smil, men

mere bedrøvet！Endnu samme ungdom. Det er et blendværk, det er Satans magt！

ヘミング：同じ姿、同じほほえみ、しかし、前より悲しそうだ。でも、若さは昔のままだ。これは、まやかしだ、サタンのしわざだ。

76. Hemming：Du måtte være gammel jo, som jeg！Det er halv-tredsindstyve somre siden, vi så hinanden, dagen før vort bryllup. Kan Du ej kende mig, Hemming？

ヘミング：きみは歳をとっているはずだ。ぼくのように。ぼくたちが別れてから。ぼくたちの結婚式の前日だった。あれから50夏（50年）になる。きみはぼくが分からないのかい、ヘミングだよ。

　［注］fifty summers=fifty years；古代ノルド語も同様。

77. Hemming：O, jeg har elsket Dig så højt, Agnete, og grædt for Dig！Nu kan jeg ikke græde！

ヘミング：ああ、ぼくはあなたを懸命に愛した、アグネーテ、そしてあなたのために泣いた。いまはもう泣けない。

78. Agnete：Du, Hemming? Forbarm Dig, Herre Jesus！

アグネーテ：あなた、ヘミング？　神さま、お許しください。

79. Hemming：Død er din moder, død er din hele slægt, jeg er en gammel mand, nær ved min grav. Agnete, sig, hvad gav den rige havmand Dig for din salighed？

ヘミング：きみのお母さんは死んだよ。きみの一族はみんな死んだ。ぼくは老人だ。お墓に近い。アグネーテ、教えておくれ、裕福な人魚はきみの乙女の代償に何をくれたんだい？

　［注］乙女の代償：バラッドでは人魚の夫が妻に金の腕輪、金の靴、金のハープを与える。みな女王でさえ持っていない

ような上等のものだ。ハープは悲しいときに奏でるためである。

80.　Hemming：Agnete, jeg tør ikke se dit åsyn！O læs dit "Fader vor", ifald Du kan！Ak, nej！Du ej tilhører os！（Han flyer hende. Hun går ind i kirken.）

ヘミング：アグネーテ、ぼくはとてもきみの姿を見ていられない。「われらの父よ」を唱えてくれないか、もしできたら。いや、違う、きみはこの世界の者ではない。（彼は彼女から逃げる。彼女は教会の中に入って行く）

　アグネーテが約束の時間になっても戻らないので、夫の人魚が心配してやって来た。

81.　Havmanden：O kom dog, Agnete！o kom dog til de små, de græder højt dernede og nævne Dig ved navn！Det lille barn rejste sig i vuggen.

人魚：アグネーテ、帰っておくれ、子供たちのところへ帰っておくれ。海の底で声を出して泣いている。きみの名を呼んでいる。

82.　Havmanden：Det bed i de små hænder og grædt sig ganske rød！O, kom dog tilbage, forlængst er timen endt！［dogぜひ、とにかく］

人魚：小さな手を噛んで、泣きはらして目がまっ赤になってしまった。お願いだ、帰って来ておくれ。時間はとっくに過ぎている。

83.　Agnete：Ak, alle de små billeder, de har vendt mig ryggen！De døde sang fra graven, jeg så min moders lig. Jeg tør ikke følge Dig, hvis jeg vil nå Himlen！

38

アグネーテ：ああ、小さな像がみな私に背を向けた。死者が
お墓から歌っていた。私は母の死体を見た。天国へ行こうと
思うなら、私はあなたに従えません。

［注］小さな像は教会の中の像で、キリストの使者を表す。
教会に礼拝に来る人を歓迎するが、人魚族はキリスト教と相
容れない種族なので、くるりと背を向けるのである。

84. Havmanden：(De små børn strækker hænderne imod hende
og græder.) Farvel, Agnete! Vi synker i vor grav! (Han synker
ned med børnene.)

人魚：(小さな子供たちが彼女のほうへ手を伸ばして泣いて
いる) さようなら、アグネーテ。ぼくたちはぼくたちのお墓
の中に沈む。(彼は子供たちと一緒に沈む)

85. Agnete：Tilgiv mig, Herre Jesus! modtag mig, dybe Hav!
(Hun løber hen imod vandet, for at styrte sig, men falder ved bre-
den, livløs om mellem stenene.)

アグネーテ：お許しください、イエスさま。私を迎えてくだ
さい、深い海よ。(彼女は海に向かって走る。飛び込むため
に。しかし、浜辺に倒れる。岩の間に息絶えて)

86. Fiskerdrengen：Hun ligger død, så ung og smuk. Jeg vil be-
grave hende.

漁師の息子：彼女は死んで横たわっている。あんなに若く美
しいままで。彼女を葬ってあげよう。

87. (Hver morgen finder drengen stenen våd, det er havmandens
gråd.)

　毎朝、漁師の息子は岩が濡れているのを見る。それは人魚
の涙なのだ。(おわり)

［付］Axel Olrikの『デンマークのバラッド』（Danske folke-viseri udvalg. København, 1927）の中の「アグネーテと人魚」（Agnete og Havmanden）を日本語に直して掲げる。1-7. アグネーテがホイエラン（Højeland）の橋を渡っている。すると一人の男の人魚が川の底から現れた。ホー、ホー、ホー。「アグネーテ、私が言うことを聞いておくれ。私の妻になっておくれ」「はい、そうしましょう。私を海の底に連れて行ってくれるならば」。彼は彼女の耳をふさぎ、それから彼女の口をふさいだ。そうして彼女を海の底へ連れて行った。二人はそこに8年間一緒にいた。彼女は人魚との間に7人の息子を得る。アグネーテはゆりかごのかたわらに座って歌っていた。するとエンゲランの鐘が鳴るのを聞いた。アグネーテは人魚の前に行き、立ち止まる。「教会へ行ってもいいですか。」［エンゲランは不明］

8-14.「ええ、教会へ行ってもいいよ。子供たちのところへ帰ってくれさえすれば。しかし、教会の庭に来たら、きみの美しいブロンドの髪をなびかせてはいけないよ［注：男たちが言い寄ってくるといけないから］。そして、教会の床に来たら、椅子に座っているお母さんのところへ行ってはいけないよ［注：母が根掘り葉掘り尋ねるから］。牧師が神さまの名を呼んだら、深くお辞儀をしてはいけないよ」［注：キリストの精神がよみがえるから］。彼は彼女の耳をふさぎ、口をふさいだ。こうして彼女をエンゲランの陸に連れて行った。しかし、彼女は教会の庭に来たとき、美しいブロンドの髪をなびかせた。教会の床の上に来たとき、椅子に座っているなつかしい母のところに行った。

15-21. 牧師が神さまの名を呼んだとき、彼女は深くお辞儀

をせずにはいられなかった。［注：彼女は三つとも約束を
破ってしまった］。「ねえ、アグネーテ、お母さんが言うこと
を聞いておくれ。お母さんのもとを離れて8年間もどこにい
たんだね」「私は海の中に8年間いました。人魚との間に7人
の息子を生みました」「ではお聞き、アグネーテ、いとしい
娘よ、彼はお前の名誉のために何をくれたんだね？」「彼は
私に赤い金の帯をくれました。女王でさえ、こんな立派なも
のは持っていません。金留めの靴もくれました。女王もこん
な立派なものは持っていません。金のハープもくれました。
私が悲しみに沈んでいるときに弾くようにと」。

22-28. 人魚が長い道のりを、はいずりながら来た。海岸か
ら教会の庭の石のところまで［注：人魚は地上を歩けないの
で、身体を転がしながら、傷だらけになって、教会にたどり
着いたと思われる］。人魚は教会の扉から中へ入った。する
と小さな絵が顔をそむけた。人魚族はキリスト教と相いれな
いからである。彼の髪は純金のようだった。彼の目は悲しみ
に満ちていた。「聞いておくれ、アグネーテ、ぼくが言うこ
とを。きみの小さな子供たちがママを恋しがっているよ」
「恋しがらせておきなさい。好きなだけ恋しがらせておきな
さい。私はもう決してあそこには帰りません」「大きな子供
のことを考えておくれ、小さな子供のことを考えておくれ。
ゆりかごに寝ている赤ん坊のことを考えておくれ。ゆりかご
に寝ている赤ん坊のことを考えておくれ」「私は大きな子も、
小さな子のことも考えません。まして、ゆりかごの赤ん坊の
ことなど考えません。ホー、ホー、ホー」。

　デンマークの詩人イエンス・バッゲセン（Jens Baggesen,

1764-1826）の詩「ホルメゴーアのアグネーテ」（Agnete fra
Holmegaard）によると、アグネーテは浮気な女で、人魚と結
婚する前に、人間の夫がちゃんとおり、二人の娘まであった。
しかし人魚の美しい容姿と美しい声に魅せられて、海の底ま
で彼について行った。

アンデルセン『火打箱』（The Tinder-Box：デ Fyr-tøjet フュア
トイエド, 直訳 the fire-toy）この火打箱は魔法の箱なのです。

　一人の兵隊が、戦争が終わったので、故郷に帰るところで
す。戦争が終わると給料も退職金もありません。でも、兵隊
は故郷に帰れるので、喜び勇んでいました。すると、途中で、
魔女に出会いました。ご苦労さんだね、故郷へ帰るのかい、
と魔女が声をかけました。いいことを教えてあげよう。英語は
I'll tell you what. この what は something の意味です。ドイツ語の
etwas エトヴァス（something）の was と同じ単語です。エッ、
何ですか。魔女が言うには、この木は、中が、がらんどうに
なっている。そこを降りて行くと金貨がたくさんあるよ。金貨
はお前さんにいくらでもあげるから、その奥にある火打箱を
持って来てほしいんだよ。そりゃお安いご用だ、というわけで、
兵隊は木の下にあるほら穴に降りて行きました。

　魔女が言ったとおり、金貨がザクザクありました。兵隊は
リュックサックに一杯に詰め込んで、それから火打石も持って、
合図をすると、魔女が綱を引き上げてくれました。上まで来る
と金貨は全部あげるから、その火打石をよこしなさい、と魔女
が言いますので、火打箱をどうするんですか。そんなこと、
お前の知ったことか、と理由を言いませんので、兵隊は魔女
を切り殺してしまいました。そして町へ出て、レストランで、
ご馳走を注文して、飲食しました。さんざん、お金を使った
ものですから、いつの間にか、貧乏になってしまいました。タ
バコを吸おうと思って、火打箱をすりますと、目玉がお茶碗も
あるぐらいのイヌが出て来て、「旦那様、何の御用ですか」と
言うのです。そうか、火打箱の効用が分かったぞ。「お金を
持ってきておくれ」と言うと、イヌが、すぐお金を持ってきて

くれました。この国には、美しいお姫さまがいるのですが、平凡な兵隊と結婚するだろう、と予言されていたので、王さまは、高い銅のお城を作り、そこにお姫さまをかくまっていました。

　兵隊が「お姫さまを連れて来ておくれ」と言うと、イヌは、夜中に、実際にお姫さまを連れて来たのです。あまりかわいらしいので、その手にキッスをしてしまいました。翌朝、王さまと王妃さまと一緒に食事をしたとき、お姫さまは、昨晩、ふしぎな夢を見ました、と語り始めました。知らない間に、イヌの背中に乗っていたのです。ホテルの中に兵隊がいて、私の手にキッスをするのです。あれ、と思っているうちに、いつの間にか、お城の自分の部屋に戻っていました。

　王妃は、賢い人でしたから、その晩、お姫さまが眠っている間に、小さな袋に粉を入れて、下の片隅に小さな穴をあけておきました。またお姫さまがイヌに連れ出されましたが、粉が漏れ出ていたので、ホテルにいた兵隊が見つかり、逮捕され、死刑に処せられることになりました。絞首台の下に立ったとき、王さま、最後のお願いですから、タバコを吸わせてください。王さまは、よかろう、と言うので、兵隊が火打石を1回すると、目玉がお茶碗もある大きなイヌが、2回すると、目玉が部屋の大きさのイヌが、3回すると、目玉がビルの大きさのイヌが現れました。兵隊が「助けてくれ！」と叫びますと、3匹のイヌたちが大暴れをしたので、王さまも、王妃も、家来も、絞首台の執行人も、軍人たちも、全部、吹き飛ばされてしまいました。こうして、兵隊は、お姫さまと結婚し、国を治めることになりました。

　［「願いがかなう」は、日本の打ち出の小づち、ギリシアのcornucopia（豊穣の角）にもあります。］

魔女が言いました。お金をほしいだけあげるから、火打箱を持ってきて
おくれ、と言うので、兵隊は木の下に降りて行きました。

アイスランド（Iceland）

　アイスランドは、その名のように、氷の国である。ゲーテやアンデルセンがイタリアをあこがれたように、言語学者はアイスランドにあこがれる。人口30万の小さな国だが、北欧文学エッダやサガのふるさとだから。早稲田大学時代に森田貞雄先生（1928-2011）、東京教育大学大学院時代に矢崎源九郎先生（1921-1967）から手ほどきを受けて以来、アイスランド訪問は学生時代からの夢であったが、サラマンカ大学留学（1974-1975冬学期；バスク語学習）からの帰途に実現することができた。1975年3月17日、アイスランド航空でオスロ発15:30, レイキャヴィーク国際空港ケプラヴィーク着16:35. アイスランド最大のホテル、ロフトレイディルに3泊、61米ドル（1.6万円；当時1ドル260円；2022年の2倍）に宿泊。2食つき観光案内つきなので高くはない。

アイスランド（デンマーク小学生読本4年生：2003）

　アイスランドは建国が西暦874年なので、デンマークの歴史よりも新しい。だが、北欧神話がノルウェーで語られ、アイスランドで採録されたために、アイスランド語は重要だ。

　デンマーク、ノルウェー、スウェーデンに人間が住むようになる前には、アイスランドは無人島だった。西暦700年ごろ、イギリスの僧侶が次のように書いている。「ブリテン島（イギリス）から船で6日間、北の方向に、最北端の無人島がある。そこは、冬は太陽が輝かず、夏は夜がない。

　アイスランドに最初にやって来たのは、ナド・オッド Nadd-Odd という男だった。彼はノルウェーのバイキングで、以前にフェロー諸島に植民し、ノルウェーに帰ろうとしたが、嵐のために、航路を見失い、大きな島に打ち上げられた。これがアイスランドだった。無人島だった。雪しか見えなかったので雪国（Sneland）と呼んだ。秋になったとき、彼はフェロー諸島（デンマーク）に帰った。

無人島アイスランドの上空をタカが飛んでいる

アイスランドでの決闘 （duel in Iceland）

その後、ノルウェーの勇士たちが大勢、祖国のノルウェーを捨てて、新しい島アイスランドにやって来た。この時代を植民時代 （landnamstid） と呼ぶ。land国、nam取る、-s…の、tid時代 （cf.英語time and tide wait for no man 歳月人を待たず；人があれこれ思案している間に時は過ぎる）。アイスランドに最初に植民 （定住） したのはレイフLeifとインゴルフIngolfだった。二人はまだ少年であったが、兄弟の誓いをたてた。

インゴルフには美しい妹ヘルガHelgaがいた。ヘルガとレイフはお互いが気に入り、結婚するはずであったが、友人の一人ホルムステンHolmsten （holm島, sten石；cf.Stock-holm） がヘルガとの結婚を切望し、レイフを襲った。レイフがホルムステンを殺した。ホルムステンの兄弟が復讐をしようとしたが、兄弟も殺されてしまった。これはやむを得ぬ殺人であったが、その後、何代にもわたって殺人が繰り返されたため、レイフとインゴルフはノルウェーを立ち去り、アイスランドに植民する決心をした。

レイフとインゴルフはアイスランド植民を決心した

48

アイスランドでの生活（life on Iceland）

デンマーク小学生読本（4年生；2003）

　小学生4年のJón（ヨウン；9歳）とその姉Sigga（シッカ［ggはkkと発音］；14歳）が、父と一緒に、町へ買い物に行く。羊毛を売った代金で、コーヒーやその他の食料を購入して家路に向かう様子が、下の絵に見える。

　　北の果てに
北の最果てに、一つの島が光っている
氷の山と霧の間にくっきりと。
そこには山の火が燃えていて、火は決して消えない。
古代の姿が消えずに残っている。
　そこから、伝説がカモメのように海を渡って伝わる。

Yderst mod Norden lyser en ø/ klart gennem islag og tåge; /der ved en bjergild, som aldrig kan dø, /oldtidens billeder våge./ Derfra går sagnet vidt over sø som en måge.

あおやぎ（青柳）物語（ラフカディオ・ハーン）

The Story of Aoyagi（1904）.

　文明の時代（1469-1486）に能登に友忠（ともただ）という若侍がいた。彼は成長して、立派な武人となり、同時に学者ともなり、殿様から寵愛を受けていた。友忠が20歳のころ、京都の太守（たいしゅ daimyō）のもとに秘密の使命で行くことになった。旅の二日目に、激しい吹雪に出会った。予定の場所に着くことができず、疲労困憊していたところ、柳の生えているところに、一軒のわらぶき小屋を見つけた。戸をたたくと、老婆が出てきた。宿を乞うと、中に入れられた。小屋の主人は老いた人だが、言った。「今夜は吹雪です。どうぞお泊りになって、明日、出発なさい。」美しい少女が食事とお酒を出した。彼は、こんな山奥に、こんな少女が、と驚いた。

　友忠は、思いきって、両親と彼女に求婚した。それを友忠が和歌で申し込むと、彼女も和歌で答えた。彼女の教養の高さに驚いた。両親は、喜んで、求婚を承諾した。二人は出発した。

　京都に着いて、さいわい、殿様から結婚の承諾を得た。友忠は、仕事を務めながら、二人はしあわせに暮らした。

　ある朝、青柳が叫んだ。「友忠様、お別れの時が来ました。私は人間ではありません。木の精です。たったいま、故郷で私の両親が切り倒されました。そして、私も、間もなくです」と言ったかと思うと、彼女は平べったくなり、消えてしまった。

　友忠は、職を辞し、頭を剃り、行脚僧となった。愛する妻と両親の家を探した。そこには三本の柳の樹が、二本の柳の老木と一本の若木が、切り倒されていた。

あかいくつ（赤い靴）アンデルセン童話（1845）

The Red Shoes. カーレンというかわいい女の子がいました。お母さんが亡くなったあと、彼女は親切な老婦人に引き取られ、赤い靴を作ってもらいました。お姫さまがはいているような、とてもすてきな靴です。

引き取ってくれた老婦人が病気になったとき、彼女は介護するのも忘れて、パーティーに遊びに行ってしまいました。

赤い靴をはいて教会に行ってはいけないのです。赤は悪魔の色です。しかし、彼女は赤い靴をはいて行きました。この靴はダンス用にできているかのように、靴はひとりでに踊りました。教会を出て、靴をぬごうとしましたが、どうしてもぬげません。

とうとう、両足をちょん切ってもらいました。靴は踊りながら、どこかへ行ってしまいました。

美しい音楽が聞こえ、白い天使があらわれました。そしてカーレンを抱いて、空へ昇って行きました。罰があたったのでしょうね。神さまは、これ以上、カーレンが罪を重ねないように、天国へ召したのです。

［この教会は、アンデルセンの故郷、オーデンセの聖クヌード教会である。靴は、むかしは高価で、一般市民は買えなかった。貧乏人は木靴（サボー）sabot を履いた。アンデルセン童話「イブと幼いクリスチーネ」にも木靴が登場する。冬の間、農民は木靴を作っていた。パリの工場の前で、従業員が、給料あげろ！　と叫びながら、木靴をたたいた。そこから「木靴をたたく」saboter というフランス語から sabotage（サボタージュ）ができ、日本語のサボる（仕事、学校）ができた］

あかいろうそくと人魚 〔The red candle and the mermaid〕

小川未明（1882-1961）の童話。小川未明は日本のアンデルセンと呼ばれる童話作家。

海岸に小さな町がありました。山のふもとに、年取った夫婦がいて、ろうそくを作って、お宮へおまいりに来る人に売っていました。ある晩、ドアをたたく音がしますので、開けてみると、小さな人魚の赤ちゃんが泣いていました。人魚のお母さんが、この夫婦には、こどもがいないから、かわいがってもらいなさい、と置き去りにしたのです。夫婦は、神さまからの授かりもの、と喜んで、大事に育てました。女の子は、美しい娘に育ちました。娘は、赤い絵の具で、白いろうそくに魚や貝や、海草を描きました。めずらしいろうそくは、評判になり、とてもよく売れました。ふしぎなことに、このろうそくをつけて海に出ると、嵐の日でも、決して、船が沈まない、と伝えられました。

ある日、南の国から香具師（やし、興行師、showman）がやって来ました。うわさを聞いて、その人魚を買い入れて、儲けようと思ったのです。おじいさん、おばあさんは、「人魚は神さまからの授かりものだから、売ることはできない」と断りましたが、香具師は「むかしから、人魚は不吉なものと伝えられている。今のうちに手放さないと、きっとわるいことが起こる」と言うのです。おじいさん、おばあさんは、この話を信じてしまいました。そして、いやがる人魚を、大金と引き換えに売り渡してしまいました。その後、この山のお宮には不幸が続き、町は滅びてしまいました。

あかずきん （Little Red Cap, グリム童話 KHM 26）

　赤ずきんと呼ばれるかわいい女の子がいました。おばあさんにもらった赤いずきんが、とても気に入って、いつもかぶっていたからです。ワインとケーキをおばあさんのところに持って行ってね、とお母さんに頼まれました。

　途中で出会ったオオカミが、赤ずきんちゃん、どこへ行くの？　森に住んでいるおばあさんのところよ。オオカミは、先回りして、おばあさんを食べてしまいました。そして、あとからくる赤ずきんも食べてしまいました。おなかがいっぱいになったオオカミは、グーグー寝てしまいました。ちょうど、通りかかった猟師が発見して、おなかを切り裂くと、おばあさんも赤ずきんも、無事に生きたまま助け出されました。

赤ずきんちゃん、どこへ行くの、とオオカミが。

53

あき（秋）autumn

小さい秋みつけた（サトウハチロー）

だれかさんが、だれかさんが、だれかさんが、みつけた。

ちいさい秋、ちいさい秋、みつけた。

めかくし鬼さん、手のなる方へ、

すましたお耳に、かすかにしみた

呼んでる口笛、もずの声、

お部屋は北向き、くもりのガラス、

うつろな目の色、とかしたミルク、

わずかな、すきから、秋の風…

I've found a little autumn,

I've found a little autumn,

dear blinded tagger, come to my hands,

to me, listening with all my ears,

I hear a feeble whistle, a shrike singing,

my room facing north, with fogged window,

with my absent-minded eyes like mixed milk,

an autumn wind, a little wind, comes

through a small space an autumn wind…

　英語の「秋」autumn は フランス語 autômne（オートーヌ）より。ドイツ語の「秋」は Herbst（ヘルプスト）。英語の harvest（ハーヴェスト）と同じ語源で、「収穫期」の意味。ロシア語 osen'（オーセン）はゴート語 asans 収穫、と同源。

あしずりみさき（足摺岬）田宮虎彦著（1949）

　田宮虎彦（1911-1988）の小説。足摺岬は高知県南端の岬で太平洋に突き出している。

　私は母に死なれ、大学への魅力も失せて、死ぬ覚悟で足摺岬を訪れた。だが、現場に着いて、いざ飛び込もうとしたが、足がすくんでしまった。とりあえず、その晩は四国参りのお遍路用の宿にとまることにした。宿は母と娘の経営で、客は年老いた遍路と薬売りの二人だった。足摺岬からずぶ濡れになってきた私に宿の母は「馬鹿なことはせんもんぞね」と言って、娘と一緒に手厚く介抱してくれた。年老いた遍路は「生きることはつらいものじゃが、生きておるほうが、なんぽよいことか」と言った。薬売りは金のない私に薬を飲ませてくれた。

　ある日、私は、ぼんやりと、また足摺岬に出かけた。その帰りを娘の八重が待ち伏せていた。その晩、私と八重は結ばれた。三年後に、私は八重を迎えに足摺岬を訪れた。私と八重は東京で10年あまり苦しい生活を送った。八重は、私を救ってくれたのに、東京での貧しい生活に疲れて死んでしまった。私が殺したようなものだった。

　戦争が終わった翌年（1946）、私は、ふたたび、足摺岬を訪れた。八重の母は老いていた。私は自分の不甲斐なさを母に詫びた。八重の弟は特攻隊から帰国して、すっかりぐれていた。自分に死を要求した人間たちをののしった。

　田宮虎彦は東大国文科卒。父親との不和から、貧しい学生生活を送った。胃ガンで亡くなった妻との往復書簡『愛のかたみ』（1957）はベストセラーになった。

あまくさ（天草）

　九州の熊本県、天草地方の市で、熊本県の中では熊本市、八代市に次いで3番目に大きな市。人口7万人。本土と橋でつながっている。1549年、日本にキリスト教を布教したフランシスコ・ザビエル Francisco Xavier（1506-1552）はスペイン・バスク地方の出身で、1550年に長崎の平戸でキリスト教の教えを開始したが、その後、天草島に移り、日本の信者を獲得したのち、中国に渡り、江門市、上川島で没。弥次郎（1511ごろ-1550ごろ）は最初の日本人キリスト教徒。ザビエルに連れられて中国南端のゴア（ポルトガル領）で、日本人としてはじめて洗礼を受け、パウロ・デ・サンタ・フェ（聖信のパウロ）の名を得た。

　天草には天草空港（熊本県）があり、たった1機のエアライン、AMX（Amakusa Airlines Co.）が1998年に就航。天草→熊本→福岡→大阪、そのリターン。年間600回、就航率96％は上出来だ。低空のため、眺めがよい。医者など通勤がわりに利用している。命の翼と呼ばれる。

　天草市は人口8万。カトリック﨑津教会、大江天主堂、雲仙天草国立公園があり、観光客用のホテルが5つある。

あめ（雨）が降る（の表現）

　英語はthe rain fallsとit rainsがあるが、非人称のit rainsのほうが多い。雪が降るもit snowsである。日本語と同じように、雨が主語になるのはロシア語である。雨が行くdožd'（ドーシチ）idët（イジョート）という。泉井久之助先生（1905-1983, 京都大学教授）の『言語構造論』（京都、創元社、1947, p.65）によると、ギリシア語はhueiヒュエイ「雨が降る」のほかにZeus huei「ゼウスが雨降らす」、ラテン語pluitプルイト「雨が降る」とdeus pluitデウス・プルイト「神が雨降らす」がある。ロシア語よりも古い古代教会スラヴ語（Old Church Slavic, 9世紀）はbogŭ dŭžditŭボグ・ドゥジュディトゥ「神が雨降らす」。ロシア語と同じようにポーランド語はdeszcz padaデシュチュ・パダ「雨が落ちる」という。サンスクリット語は「神々が雨降らす」varṣanti devāḥヴァルシャンティ・デーヴァーハ、という。ここでは「神々」が文末にある。

　サンスクリット語の例はGeorg Bühler（ビューラー、1837-1898）の入門書Leitfaden für den Elementarkurus des Sanskrit（Wien 1883, 1927, Darmstadt 1968）p.5による。ドイツ語をサンスクリット語に訳しなさい、の練習問題に（Die）Götter geben Regen（vṛṣ, 1）とある。ドイツ語は「神々が雨を与える」である。

　この入門書は「サンスクリット語・ドイツ語」の語彙と「ドイツ語・サンスクリット語」の語彙（807語）があるので便利。著者（1837-1898）はウィーン大学教授で、インド・イラン語文献学および古代学の叢書を創設した（Grundriss der indoarischen Philologie und Altertumskunde）が、ドイ

ツ・スイス国境にあるBodenseeで、ボートが転覆して、若くして亡くなった（Bootunglück）。

サンスクリット語入門書はAdolf Friedrich Stenzler（1807-1887；Breslau大学）のほうが広く用いられ、手元にあるElementarbuch der Sanskritsprache. Gram-matik-Texte-Wörterbuch、13版、K.F.Geldner（ベルリン、Marburg大学教授）改定18版が1995に出ている。

サンスクリット語の入門書はRichard FickのPraktische Grammatik der Sanskritsprache（Wien, Budapest, Leipzig, 第2版, 1902, 183頁）があり、全編がローマ字で記されているので、入門者には助かる。サンスクリット語をドイツ語に訳せの練習問題の解答がついている。

Manfred Mayrhofer（1926-2011、ウィーン大学教授）のSanskrit-Grammatik（Sammlung Göschen, Berlin 1953）のマンフレート・マイルホーファー著、下宮訳『サンスクリット語文法（改訂版）─序説、文法、テキスト訳注、語彙』（文芸社、2021, 120頁）はサンスクリット語・日本語語彙587語のほかに日本語・サンスクリット語彙300語を付した。これにはBühlerのDeutsch-Sanskrit GlossarやFickのDeutsch-Sanskrit Glossarを参考にした。平岡昇修著『初心者のためのサンスクリット辞典』Sanskrit Dictionary for Beginners（p.486-702；世界聖典刊行教会2005）はローマ字で、初心者には使いやすい。

雨ニモマケズ（in spite of the rain）

　宮沢賢治（1896-1933）の代名詞になっている詩で、死後、発見されて有名になった。手帳にメモされていて、発表の意図はなかったらしい。英訳はロジャー・パルバース（Roger Pulvers）。雨ニモマケズ（In spite of the rain）風ニモマケズ（in spite of the wind）、雪ニモ夏ノ暑サニモマケヌ（against the summer heat and snow）、丈夫ナカラダヲモチ（he is healthy and robust）、慾ハナク（free of all desire）、決シテ嗔（いか）ラズ（He never loses his generous spirit）、イツモシヅカニワラッテイル（nor the quiet smile on his lips）。一日ニ玄米四合ト少シノ野菜ヲタベ（He eats four go［go is 150 grams］）of unpolished rice, miso and a few vegetables a day）。

　アラユルコトヲジブンヲカンジョウニ入レズニ（He does not consider himself, in whatever occurs）、ヨクミキキシワカリ（his understanding comes from observation and experience）。ソシテワスレズ（And he never loses sight of things）。野原ノ松ノ林ノ蔭ノ（He lives in a little thatched-roof hut）小サナ藁ブキノ小屋ニヰテ（in a field in the shadows of a pine tree grove）。東ニ病気ノコドモアレバ（If there is a sick child in the east）、行ッテ看病シテヤリ（he goes there to nurse the child）。西ニツカレタ母アレバ…（If there's a tired mother in the west…）

ある（或る）女 （有島武郎の小説）1919

　主人公の葉子（ようこ）は、妹の愛子、貞世（さだよ）とともに、美人三姉妹で、その住む家は美人屋敷と呼ばれていた。長姉の葉子は才色兼備で、「葉子はそのとき19だったが、既に幾人もの男に恋をし向けられて、その囲みを手際よく繰りぬけながら、自分の若い心を楽しませるタクトは十分に持っていた」（第2章）。このタクト（tact）の語源はラテン語tangere（触れる）の名詞形tactusだが、「わざ」（art, craft）の意味である。

　最初の恋愛結婚が2か月で破綻し、葉子は二番目の婚約者が待つアメリカに横浜から出航する。しかし、この汽船の中で葉子は運命の男に出会ってしまった。船の事務長の倉地である。彼女はその魅力に取りつかれ、婚約者を捨てて、日本に帰ってきた。この恋愛沙汰が新聞に載り、二人は非難を浴びた。しかし、いっそう、二人の恋は燃え上がった。倉地は会社を解雇され、葉子は自分を責めた。倉地は、生計をたてるために売国奴になった。だが、スパイ行為が漏れると、倉地は置手紙を残し、姿を消した。男に去られた葉子は、病気にかかり、入院した。手術を受けたが、病状は悪化した。葉子は病室で「痛い、痛い」と呻きながら、短い生涯を閉じた。

　葉子は近代的自我にめざめた女性で、イプセンの『人形の家』のノラのような、100年も時代を先取りした創造物である。有島武郎（1878-1923）は札幌農学校に学び、のち、アメリカで3年間の留学生活を送った。

アルプスの少女ハイジ（ヨハンナ・スピリ著、1881）

　ハイジ（Heidi）は5歳。スイスの山奥のマイエンフェルト村に住んでいた。父も母も亡くなり、母の妹デーテに育てられていた。デーテは、こんど、ドイツのフランクフルトに職を得たので、ハイジをおじいさんのところにあずけることにした。おじいさんは、長い間、山の上に一人で住んでいる、気むずかしい老人である。最初は、やっかいなことになった、と思ったが、無邪気なハイジと住んでいるうちに、少しずつ人間性をとりもどし、ハイジは、なくてはならない存在になった。

　三年たったとき、おばさんのデーテがやってきて、ハイジをフランクフルトへ連れて行ってしまった。知り合いのクララという少女の話し相手になるためである。クララは体が弱く、車椅子に乗っていた。クララはゼーゼマンさん（パリに本部のある貿易商）の一人娘で、ハイジは大切なお友達になった。

　食事は上等だし、クララは仲よくしてくれるが、ハイジはアルプスの山とおじいさんが恋しくて、病気になってしまった。クララの父は、アルプスにお帰り、と言ってくれた。

　ハイジはおじいさんのところに帰り、昔と同じように、ヤギ飼いペーターと一緒に、アルプスの生活を楽しんだ。

　翌年、夏にクララが車椅子に乗って、アルプスにやって来た。山で生活する間に、クララは健康をとりもどし、ハイジ、ペーター、おじいさんの助けを得て、一人で歩けるようになった。クララの父ゼーゼマンさんと、その母（おばあさん）は、どんなに喜んだろう。クララは父に抱かれて、私しあわせよ、と泣きくずれてしまった。（p.171 ハイジの村をご覧ください）

アルメニア民話「火の鳥」[1]

　ある老人に三人の息子がいました。二人は利口でしたが、三人目は愚か者で、きたない恰好をしていました。愚か者は、何もしないで、昼も夜もブラブラしていました。父は、タネを蒔いて、芽が出て、美しい穂がなりました。しかし、毎晩、何者かが畑を荒らしました。父が息子たちに言いました。「子供たちよ、夜、順番に畑を見張っておくれ、そしてドロボウを捕まえておくれ。」

　最初の夜、長男が畑に出て、見張りました。しかし、真夜中に眠ってしまいました。翌朝、息子は家に帰って、言いました。「ぼくは眠りませんでした。身体がすっかり凍えてしまいました。でも、ドロボウは見ませんでした。」次の夜、次男が畑に行きましたが、夜の間、ずっと寝てしまいましたが、翌朝、同じ報告をしました。三日目に、愚か者に順番が来ました。彼はヒモをもって畑に出かけ、ドロボウを待っていました。真夜中に眠けが襲って来ましたが、ナイフで指に傷をつけ、塩を塗って、眠気を追い払い、歌を口ずさんでいると、地響きがして、空から火のついた翼をつけた馬が降りて来て、畑の上にとまりました。馬の鼻から雲が出て、目から稲光が出ました。そして、馬は穀物を食べ始めました。食べる、というよりも、踏み始めました。

---

1) Adolf Dirr：Lehrbuch der ostarmenischen Sprache. A.Hartlebens Verlag, Wien und Leipzig, ca.1910.

愚か者は馬に近づき、首にヒモを投げつけ、捕まえようと
しました。馬は全力で引っ張り、後足で立ちはだかりました
が、自由にはなりません。馬は疲れて、ヨハネス、というの
が三男の名前ですが、彼に言いました。「放してください。
お返しはしますから。」
「よろしい。だが、どうやってぼくは君に会えるんかな。」
「ぼくを呼びたかったら、畑へ来て、3回、口笛を吹いて、
叫んでください。火の馬よ、火の馬よ、早く来てくださいと。
そうすれば、すぐに来ます。」ヨハネスは馬を放してやり、
もう二度と畑を荒らすなよ、と命令しました。
　愚か者は家に帰りました。「お前は何を見たか、何か与え
たか」と二人の兄弟は尋ねました。ヨハネスは答えました。
「火の馬を捕まえたんだ。もう畑には来ない、と言うので、
放してやった。」それ以上は言いませんでした。二人の兄は
愚か者を笑いました。だが、実際、次の日からは、畑は荒ら
されませんでした。
　この事件の翌日、触れ役が王さまの伝言を村々、町々に伝
えました。「町人よ、貴族よ、村人よ、王さまがお祭りを開
催します。全員を招待します。お祭りは三日間続きます。君
たちは立派な馬を連れて来なさい。王さまの一人娘、太陽よ
りも美しい娘がバルコニーに座っています。君たちの馬で高
く跳び上がり、娘の指から指輪を引き抜くことが出来たら、
その者に娘を妻に与えましょう。」
　ヨハネスの兄たちもお祭りに出かけました。しかし、馬で
跳び上がることはせず、他の人々を見ているだけでした。ヨ
ハネスは、ぼくも連れて行ってください、と頼みましたが、
「愚か者が、なんのためにだ。他人を笑わせる（原文：驚か

せる）ためにか、家にいろ！」

　兄たちは馬に乗り、出かけました。ヨハネスは、兄たちが
出かけたあと、そっと野に行き、火の馬を呼びました。どこ
から来たのか、突然、火の馬がヨハネスの前に立っていまし
た！　ヨハネスは、顔を変えて、馬にまたがると、美しい青
年になっていました。いままでと異なり、きたないヨハネス
には見えませんでした。

　ヨハネスは火の馬に乗り、お祭りに出かけました。王さま
の屋敷の前に、広場に、無数の人が集まっていました。そし
て、高いバルコニーに王の娘が、月のように美しい娘がいて、
その指輪が太陽のように輝いていました。しかし、そこまで
高く跳び上がる勇気をもっている人はいませんでした。だれ
が彼女の手を高く持ち上げることができるでしょうか。ヨハ
ネスは、火の馬を両脚で締めると、馬がいななき、跳び上が
りました。しかし3段ほど、足りません。大衆は固唾（かた
ず）を呑んで見上げました。ヨハネスは馬の方向を変えて、
消えてしまいました。畑に戻ると、馬から降りて、もとの姿
に変えました。そして馬は行ってしまったので、ヨハネスは
家に帰り、何知らぬ顔をしていました。夕方、兄たちが帰宅
すると、今日の出来事を父に話しました。ヨハネスは彼らの
言うことに耳を傾けていましたが、心の中でこっそり笑いま
した。

　二日目、兄2人はお祭りに出かけました。ヨハネスは野原
に行き、馬を呼んで、出発しました。王さまの宮殿に近づく
と、昨日よりも大勢の人がいました。みな王の娘を眺めてい
ましたが、誰も跳び上がろうとはしませんでした。ヨハネス
は馬の腹を締めると、馬はいななき、跳び上がりましたが、

王女に届くには2段たりませんでした。

　三日目、二人の兄はお祭りに出かけました。ヨハネスは野原に行き、馬にまたがって、出かけました。王女の塔に近づいたとき、ヨハネスは馬の腰を力一杯引き締めました。馬は、いななくと、恐ろしい力で跳び上がり、バルコニーに到達しました。ヨハネスは王女の指から指輪を引き抜き、馬とともに、飛び去りました。王も、王妃も、見物人一同が、叫び始めました。「ホラー、奴を捕まえろ、捕まえろ！」

　ヨハネスは片手に包帯を巻いて、帰宅しました。「手はどうしたんですか」と婦人たちが尋ねました。「イチゴを採るときに、石につまずいたのです。気にしないでください」と言って、暖炉のそばに行きました。

　兄二人は帰宅していて、父親に出来事を語りました。ヨハネスが指輪を見ようと思って、包帯を取ると、小屋全体が明るくなり始めました。「愚か者め、火遊びをするんじゃない」と兄たちは、とがめました。「お前はまったく役にたたぬやつだ。もう少しで小屋に火がつくところだった。お前を家から追い出しておくべきだった。」

　三日後、王さまから使者が来て、告げました。「この王国に住む者は、全員、お祭りに集まるべし。命令に従わない者は死刑に処す。」

　命令ならば、致し方がありません。老人（父親）は家族全員を連れて、お祭りに出かけました。全員がテーブル布に座りました（東洋ではテーブルを使わず、テーブル布の上に座ります）。集まった人は、全員が食事をし、飲んで、大騒ぎになりました。お祭りの終わりに、王女が自分の手でハチミツを配りました。ヨハネスも、ほかの人のあとに、彼女に近

づきました。こともあろうに、こんな日に、ヨハネスはボロ
ボロの服を着て、きたない髪をして、片手は包帯を巻いてい
ました。嫌気がするようでした。「若い方よ、なぜ包帯を巻
いているのですか」と王女は尋ねました。「包帯を取ってご
らんなさい。」

　ヨハネスが包帯を取ると、指には彼女の指輪が輝いていま
した。王女は指輪を抜き取ると、父に言いました。「パパ、
この方だわ、私の婚約者は。」

　ヨハネスはお風呂に連れて行かれ、髪を洗い、香油をつけ、
新しい衣装を着ると、別人のようになっていました。彼は立
派な青年になっていて、父や兄たちも分かりませんでした。

　王さまは七日七晩、結婚を祝い、ヨハネスと王女を立派に
結婚させました。

　[注] アルメニア人はトルコ人に散々いじめられたが、1923
年ソ連の15の共和国の一つとなり、水道が設置され、人々
は文化的な生活を送ることができるようになった。人口280
万、首都イェレバン。アルメニア語は印欧語族の言語である。
アルメニア語がギリシア語やラテン語と同源である単語の
例：hayr ハイル（father）、mayr マイル（mother）、ełbayr イェ
フバイル（brother）、k'oyr コイル（sister）

いえ（家）なき子〔Sans famille サン・ファミーユ〕

　フランスの児童文学作家エクトル・マロー（Hector Malot, 1830-1907）の作品（1868）。フランス語の原題は「家族のない」の意味で、対になっている「家なき娘」（En famille）がある（p.69）。

　フランスの小さなシャバノン村（Chavanon）で、レミ Rémi は8歳まで、お母さんと二人で暮らしていた。父はパリで石工（いしく；mason）として働いていた。ある日、父が大けがをして、帰って来た。その夜、両親の会話から、自分が本当の子供ではなく、捨て子であることを知った。

　その翌日、レミは旅芸人のビタリス（Vitalis, ラテン語で元気な）に売られ、イヌやサルと一緒に村や町で芸をしながら旅をした。ビタリスは老人だが、人生について、いろいろのことを教えてくれた。ある日、老人は無許可で芸をしていたことから、警察につかまった。レミはイヌやサルを連れて芸を続けた。ローヌ Rhône 河畔でハープを弾いていると、白鳥号という美しい船が通りかかり、レミは、この船の主人であるミリガン夫人（Mrs.Milligan）に救われ、一緒に旅を続けることになった。船には病気の少年アーサーが乗っていた。その後、このミリガン夫人こそ、レミの実の母で、アーサーは弟であることを知った。旅芸人をしながらレミを教育してくれたビタリスは、もとは有名なオペラ歌手だった。

　ロンドンの立派な屋敷に暮らすことになったレミは、ビタリスのお墓を作り、シャバノン村から育ての母を引き取り（父は亡くなっていた）、実の母と弟と一緒に、しあわせに暮らした。

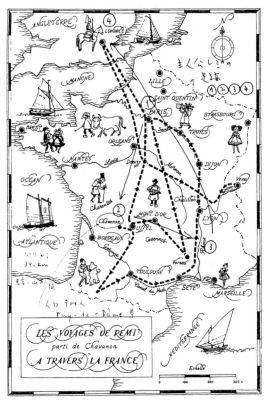

家なき子の少年レミは赤ちゃんのとき①パリで拾われ、8歳まで②
シャバノン村で育てられた。ビタリスじいさんと旅芸人をしなが
ら、フランスを旅した。途中、ローヌ河畔③でミリガン夫人の船
に拾われた。のちに、ミリガン夫人が自分の母で、一緒に船に
乗っていた少年はレミの弟であることを知った。そして、ロンドン
④の立派な屋敷で、実の母と弟と、育ての母と一緒に暮らした。

いえ（家）なき娘（En famille アン・ファミーユ, 1893）

　アン・ファミーユはフランス語で「家族の中で」の意味で、同じエクトル・マロー（Hector Malot）の「家なき子」の対になっている。菊池寛訳、文芸春秋社、1928, 271 頁、巻頭に「天皇陛下、皇后陛下、展覧台覧の光栄に賜る」とある。

　主人公のペリーヌ（Perrine）は6歳の明るく、聡明な少女で、インドのダッカで写真師をしている父エドモンと母マリーとしあわせに暮らしていた。その父が亡くなる前に、故郷のフランスのマロクール Maraucourt（パリから北へ150キロ）で大きな製糸工場を経営しているエドモンの父ヴュルフラン Vulfran を訪ねるように、と言った。ヴュルフランは息子のエドモンが会社の仕事を継がず、インドで見知らぬ女と結婚したことに立腹し、息子をたぶらかしたマリーを憎んでいた。

　父エドモンが亡くなり、母のマリーは13歳の娘ペリーヌと一緒にパリに向かったが、長旅の疲れからパリに着くと、間もなく亡くなった。「人を愛すれば、あなたも愛されるようになる」という母の最後の言葉を胸に祖父の住むマロクールに向かった。その製糸工場では7000人の男女が働いていた。ペリーヌは最初、女工として働いていたが、フランス語と同じくらいに英語も話せることが分かり（父はフランス人、母はイギリス人だったから）、社長のヴュルフランは盲目になっていたが、ペリーヌを秘書として昇格させ、立派な屋敷に住むようになった。やがて、ペリーヌが息子エドモンの娘であることを知った。ペリーヌは女工たちの住居を改善し、その子供たちの託児所、幼稚園を作り、男子工、女子工からも愛された。

製糸工場には7000人の女工が働いていた。その社長ヴュルフラン（左に立っている）は、少女ペリーヌがフランス語と英語の両方を話せるので、通訳と秘書をかねて、いつも社長のそばに置いた。あとで、ペリーヌが社長の孫であることを知った。

イギリスの味 （The Taste of England）

　イギリスにおいしいものはない、と人は言うが、ぼくはジンジャーナッツ、McVitie（マック・ヴァイティー）をイギリスの味と呼びたい。オートムギとジンジャーナッツで作ったビスケットで、固さと塩味が好みにピッタリだ。技巧をこらしたグルメ料理よりも、こういう素朴な味のほうがよい。イギリスのコンビニやスーパーには、どこにでも置いてあり、日本ではスーパー成城石井で見かけた。英国国鉄の列車の中で販売しているビスケットもおいしい。

　このとき、ぼくはオックスフォードのヘンリー・スウィート・コロキウムで「日本におけるスウィートとイェスペルセン」（1995年9月）という発表を行った。Henry Sweet と Otto Jespersen は英語学における最高峰の学者であるから、この二人が、日本でどのように受容されたか、は、ヨーロッパの学者にとっても、大いに関心があるテーマである。

　昔はオックスフォードを「牛津」と表記したが、これはox「牛」と ford「津、牛が渡るところ」を日本語に訳したものである。1995年には牛も津も見かけなかった。ここ800年の間に、大学都市になり、近年、産業都市にもなった。

　Oxford をウェールズ語で Rhydychen（ラダヘン）と書く。rhyd=ford, ychen=oxen で、語源も意味も同じだが、ウェールズ語はケルト系統なので、語順が津・牛と逆になっている。最近（2022）名古屋の友人で音楽家の駒場彩子さん（東ドイツやベルギーで演奏活動）が、ジンジャーナッツを送ってくれた。McVitie と同じで、とてもおいしかった。

いしかわ・たくぼく（石川啄木）

　東海（とうかい）の

　小島の磯の白砂（しらすな）にわれ泣きぬれて

　蟹（かに）とたわむる。

　On the white sand

　of the beach

　on a small island

　of the East Sea

　in tears

　I play with a crab.

　石川啄木（1886-1912）は岩手県出身。「はたらけど、はた
らけど、なお、わが生活、楽にならざり、ぢっと手を見る」

I worked and worked, but my life remained hard. I watch my
hands.

　こころよく、

　われに働く仕事あれ、

　それを仕遂げて、死なむと思ふ。

　May I have a job

　which I can enjoy,

　and I wish to finish it and die.

　東海の…の3行分かち書きは、啄木の新しい試みだった。

不来方（こずかた）のお城の草に寝ころびて、

空に吸われし

十五の心。

　I lie down on the grass of a castle

　which I visited for the first time,

　and breathed air. I was fifteen.

イバラ姫 （Briar Rose ： ド Dornröschen）

グリム童話 No.50

　王さまと王妃さまに、待望の子供が生まれました。バラの
ように美しい女の子です。王さまはたいへん喜んで、親せき、
友人はもとより、仙女（せんにょ：fairies, ド weise Frauen, 原
義「賢い女性」）も招待しました。その国には仙女が13人い
ましたが、銀のお皿が12枚しかありません。そこで、12人
しか招待されませんでした。

　お誕生日に招待された仙女たちは、徳、美、富、勇気など
最高の贈り物を、生まれたばかりの姫に与えました。ちょう
ど11人目の仙女が祝福の贈り物を与え終わったとき、招待
されなかった仙女があらわれました。そして、次のような、
のろいの言葉を吐いたのです。「この娘は15歳のときに、錘
（つむ：spindle ＜ spin 糸をつむぐ：ド Spindel ＜ spinnen つむ
ぐ）に指を刺されて死ぬであろう」

　最後の12人目に対して、王さまと王妃さまは、こののろ
いを取り消してくださいませんか、とお願いしましたが、他
人の呪いを取り消すことはできません。軽くすることはでき
ます。それは死ぬのではなく、100年間の眠りに落ちること
です。

　お城は、すっかりイバラに覆われてしまいました。100年
後、伝説を聞いて、ある国の王子がやってきました。イバラ
に覆われたお城に入ると、イバラが自然と落ちて、王子はお
城の中に入ることができました。お城の奥の寝室に入ると、
お姫さまが眠っていました。キッスすると、姫はパッチリ目
を開けて「やっと会えたのね、私の100年待った人に」と言
いました。

イバラ姫、日本で目覚める（wakes up in Japan；ドerweckt sich in Japan, 1990）これは学習院大学文学部独文科4年生だった本間広子さん（新潟市出身）の作品です。「みなさま、ごらんください。ドイツからいらした、イバラ姫でございます。ご存じのとおり、彼女は百年前の今日、つむで指を刺し、このような若さと美しさを保ちながら、眠り続けてきたのです。なんというおだやかで、美しい寝顔でしょう。

　しかし、彼女にとって、この百年は、めまぐるしいものでした。戦争が起こるたびに、彼女はさまざまな国に渡り、科学者の研究対象となってきました。そして今年の4月に、ニューヨークで競売にかけられたところ、わがテレビ局に競り落とされ、日本で百年の眠りから覚めていただくことになったのです。」

　さあ、あと5分ほどで、12人目の仙女の魔法がとけます。いままさに、われわれの前で奇跡が起ころうとしています。大ホールの特設舞台の上で、司会者が、やや興奮気味に、何千もの観衆に語りかけています。会場に招待されたのは皇族、国会議員、童話の専門家、全国から抽選で選ばれた一般市民です。

　いよいよカウントダウンが始まりました。3,2,1,0！　舞台の上で、バラの飾りをほどこしたベッドから手が伸びました。静まり返った会場に、次の瞬間、大きな歓声があがりました。なんという優雅な美しさでしょう！　何分か、あるいは何秒か、イバラ姫は、会場を見渡すと、悲鳴をあげて、あえなく気絶してしまったのです！　ああ、なんとあわれなイバラ姫！　彼女は、いままでに見たこともない、黒髪と平面的な顔に囲まれて、ショックを受け、今日もなお、眠り続けることになったのです。

イブと幼いクリスチーネ（Ib and lille Christine）

　アンデルセン童話（1855）。イブは7歳で、百姓の一人息子。クリスチーネは6歳で、小船（ferry-boat；デンマーク語pram）の船頭の一人娘でした。二人ともユトランド半島のシルケボー（Silkeborg, 絹の町）に住んでいました。イブは山のふもとに、クリスチーネは近くの原野に。彼女の父は材木や食料を船で運ぶ仕事でしたので、昼間は、よく、イブと一緒に遊んでいました。イブの父は、冬の間、木靴（サボー）を作っていました。ある日、イブはクリスチーネのために、小さな木靴を作りました。

　あるとき、イブとクリスチーネが森の中で遊んでいるとき、迷子になってしまいました。どうしても家に帰れないので、二人は枯れ葉を集めて、森の中で眠ってしまいました。翌朝、目がさめて、森の中を進んで行くと、一人の女の人に出会いました。この人はジプシーだったのです。彼女はポケットからクルミを三つ取り出して、これは願いのかなうクルミ（wishing-nuts）なんだよ、と言いました。一つ目のクルミの中には「二頭立ての馬車が入っているよ」と言いました。「じゃあ、私にちょうだい」とクリスチーネが言いました。二つ目の中には「ドレスや靴下や帽子が入っているよ」「じゃあ、それも、わたしにちょうだい」。三つ目は小さくて、黒い、見てくれのわるいクルミでした。「この中には、ぼうやにとって一番よいものが入っている」というので、イブが貰いました。

　歩いていたのは、家に行く方向とは逆でした。このジプシー女は人さらいかもしれません。

ジプシーは白人の子供を欲しがっていました。しかし、イ
ブもクリスチーネも、そんなことは知りません。さいわい、
イブを知っている森番が通りかかったので、二人は無事に家
に帰ることができました。イブが13歳になり、堅信礼（con-
firmation）を受けるとき、クリスチーネが父親と一緒にイブ
の母親を訪れて（イブの父親は亡くなっていた）「こんど、
娘が旅館の主人夫婦のところに奉公に出ることになりまし
た」と挨拶に来たのです。イブとクリスチーネは、村の人た
ちから恋人どうしと言われていた間柄でした。彼女は森でも
らった二つのクルミとイブが作ってくれた木靴を大事に持っ
ていました。

　旅館の夫婦はとても親切で、クリスチーネを娘のように
扱ってくれました。翌年の春、一日休暇をもらって、クリス
チーネは父親と一緒にイブとその母を訪ねました。クリス
チーネは、すっかり美しい娘に成長していました。二人は手
をつないで、山の背に登りました。イブは口ごもりながら言
いました。「きみが母の家で一緒に暮らしてもよいという気
持ちになったら、結婚してね」「ええ、もうしばらく待ちま
しょうね、イブ」と彼女は言って、別れました。

　ある日、旅館夫婦の息子が帰って来ました。息子はコペン
ハーゲンの大きな会社に勤めているそうです。息子はクリス
チーネが気に入りました。クリスチーネも、まんざらではあ
りません。両親も異存はありませんが、クリスチーネのほう
は、いまも自分のことを思ってくれているイブを思うと、決
心がつきません。

クリスチーネの父親が訪ねてきて、言いにくそうに、事の次第を語りました。イブは、まっさおになりました（as white as the wall 壁のように白い；デンマーク語では「布のように白い」ligeså hvid, som et klæde）。が、しばらくして、イブは言いました。「クリスチーネ、自分の幸福を捨ててはいけないよ」と「娘に二、三行書いてくれませんか」と父親は言いました。

　イブは何度も書き直して、次の手紙を送りました。「クリスチーネ、きみがお父さんに書いた手紙を読ませてもらったよ。きみの前途に、いま以上の幸福が待っていることが分かった。ぼくたちは約束でしばられているわけではない。ぼくのことは気にかけないで、自分のことだけを考えてください。この世のあらゆる喜びが、きみの上にありますように。ぼくの心は神さまが慰めてくれるでしょう。

　いつまでもきみの心からの友、イブ」。

　クリスチーネはホッとしました。結婚式は夫の勤務するコペンハーゲンで行われ、その両親も出席しました。新婚夫婦に娘も生まれて、しあわせに暮らしていました。夫の両親が亡くなり、数千リグスダラー（数千万円）の遺産が息子夫婦に転がり込みました。クリスチーネは金の馬車に乗り、美しいドレスを着ました。ジプシー女から貰った願いのクルミが二つとも実現したのです。夫は会社をやめ、毎晩、宴会を続けました。ドッと入ってきたお金は、逃げるのも早かったのです。ことわざにもあるでしょう。Lightly come, lightly go.

この英語は「簡単に入ったものは、簡単に出て行く」とい
う意味です。金の馬車が傾き始め、ある日、夫はお城の中の
運河で死体になって横たわっていました。

　初恋を忘れられずにいたイブは、故郷で、畑を耕していま
した。母も亡くなりました。ある日、土を掘っていると、カ
チンと音がします。掘り上げてみると、それは先史時代の金
の腕輪でした。ジプシー女の願いのクルミ（イブにとって一
番いい物）が、あたったのです。イブはそれを牧師に見せま
すと、これは大変だ、というので、裁判所の判事に相談しま
した。判事は、これをコペンハーゲンに報告してくれて、イ
ブが自分で持参するように、と言いました。

　イブは、生まれて初めて、オールフス（Aarhus）から船に
乗り、コペンハーゲンに向かいました。黄金の代金600リグ
スダラー（600万円）が支払われ、イブは大金を受け取りま
した。夕方、出航する予定の港に向かいましたが、初めての
大都会で、道に迷ってしまいました。往来には、だれも見当
たりません。そのとき、みすぼらしい家から小さな女の子が
出て来て、泣き出しました。道をたずねるつもりでしたが、
どうしたの？と聞くと、街灯の下に見た女の子は、幼いクリ
スチーネにそっくりです。娘の手にひかれて階段を上り、屋
根裏の小さな部屋に着くと、女の子の母親が、粗末なベッド
に寝ていました。マッチをすって見ると、それは、まぎれも
ない、故郷のクリスチーネではありませんか。「かわいそう
なこの子を残して死んでゆかねばならないと思うと…」と
言ったとき、臨終の女の目が大きく開いて、それきり息が絶
えました。イブだということが分かったでしょうか。

　翌日、イブは、小さい娘の母親をコペンハーゲンの貧民墓

地に葬ってやりました。孤児となった娘、その子も母親と同じ幼いクリスチーネという名でしたが、その子を連れて故郷に帰りました。イブは、いまや、幼いクリスチーネにとって父であり母でもあったのです。イブは、暖かく燃える暖炉部屋で、初恋の遺児クリスチーネと、しあわせに暮らしました。

　［アンデルセン自身は、何も記していないが、この物語には作者自身が、いくぶんか、投影されているように思われる］

クリスチーネは父親の船に乗ってイブと遊んでいた

イワンと塩 (Ivan and the salt, by A.Ransome)

　イワンは3人兄弟の末っ子です。兄2人は、父から大きな船をもらって、外国に商売に行きました。イワンは小さな船しかもらえません。その小さな船に乗って、小さな国に着きました。そこには小さな塩の山がありましたが、その国の王さま（ツァーリ、ロシア語で皇帝の意味）は、塩の価値を知りません。イワンはその食堂のボーイに雇われました。ある朝、王さまがカーシャ（kasha, おかゆ）を食べていますと、とてもおいしいので、これを作ったのは、だれだ、と料理長に尋ねました。そこで、イワンが王さまに呼ばれました。「お前が作ったのか」「はい」「なぜ今日のカーシャはおいしいんだ」「はい、塩を入れました」「塩って、なんだ？」「ここの山にある白い粉です」。王さまはすっかり感心して、イワンは料理次長に抜擢され、その国に暮らして、王さまの娘と結婚しました。

　［出典］Arthur Ransome：Old Peter's Russian Tales. London, 1935. 挿絵（Dmitri Mitrokhin）はロシアの森の中の家。ここに語り手Old Peterと孫のMarusiaとVanyaが住んでいる。

ウィーンの胃袋 （The stomach of Vienna）

　ウィーンの胃袋はとても大きい。ドイツの詩人ヘーベル Johann Peter Hebel （1760-1826）の『ドイツ炉辺ばなし集』（木下康光訳、岩波文庫）によると、1806年11月1日から1807年10月30日までに平らげられた家畜は、なんと、牡牛6.6万頭、牝牛2000頭、子牛7.5万頭、ヒツジ4.7万頭、子ヒツジ12万頭、ブタ7.1万頭だった。肉が多いと、パンも多い。肉やパンがあれば、当然、ワインやビールも必要だ。料理のために、部屋の暖房のために、薪や石炭も要る。

　大都会では金がかかる。消費も大きい。当時、パリ、ロンドン、ローマは大きな村（grosse Dörfer）にすぎなかった。ウィーンはラテン名Vindo-bonaで、ケルト語で「白い町」の意味だ。2000年前にはローマ人、ケルト人が住んでいた。

　ドイツ炉辺ばなし集は、カレンダー物語と題し、有益な報告と愉快な物語が載っている。書名は『ラインランドの家庭の友、うるう年1808年のカレンダー、有益な報告と愉快な物語が載っている。カールスルーエ（Karlsruhe）古典高等学院出版社から出ている。

　ヘーベルは敬虔な両親から生まれた。故郷のカールスルーエでギムナジウムの教授だった。Karlsruheは辺境伯Karl Friedrichの休憩地（Ruhe）の意味で、辺境伯は辺境地域（Mark）を守る伯爵。ドイツ語Mark-grafは「辺境・伯爵」の意味。いま、ハンブルクからスイスのバーゼルまでヨーロッパ横断特急（Eurocity Express）が走り、カールスルーエも停車駅になっている。汽車は美しいライン河畔を走る。

うごく（動く）島（シンドバッドの航海）

The moving island. イラクの町バグダッドにシンドバッドという男が住んでいました。親から、ありあまる財産を譲り受けましたが、それを使い果たしてしまい、やっと、残ったお金で、商品を買い集め、仲間の商人と一緒に商売に出かけました。ある日、美しい島に着きました。船長は、そこに船を横づけにして、島に上陸し、火をたいて料理をしたり、洗濯をしたりしました。久しぶりに、ゆっくり食事をしていますと、この島がゆらゆら動き出したではありませんか。

島だとばかり思っていたのは、実は、大きな魚の背中だったのです。その魚が海の真ん中に浮かんだまま、じっとして動かないでいたので、草や木が生えだして、ちょうど、島のようになっていたのです。その上でたき火をしたものですから、魚が熱くなって、動き出したのです。全員が、大急ぎで、船に戻りましたが、逃げ遅れた者もいました。私もその一人で、やっと見つけた桶（おけ）にすがりついて、海をただよっているうちに、ある島に着きました。

その島の王さまは、私の冒険を聞くと、面白い、と喜んでくれて島の港の書記に任命してくれました。ある日、船の出入りを記帳していますと、見慣れた船が到着しました。その船長がなんだ、シンドバッドじゃないか、と叫ぶではありませんか。生きていたのか、死んだものとばかり思っていたよ、と言って再会を喜んでくれました。そして、故郷のバグダッドに帰ることができました。そして、以前のように、商売をしました。

（アラビア夜話、森田草平訳、ARS, 1927, p.164-173）

82

え（絵）のない絵本（アンデルセン, 1839）

　Picture-book without pictures, or What the moon saw「お月さまが見たもの」：デBilledbog uden billeder）。アンデルセンは1819年、14歳で、たったひとり、お金もコネもなく、王さまの都コペンハーゲンに来て、安いホテルの屋根裏部屋に住んでいました。ある晩、窓を開けると、故郷で見たのと同じお月さまがニッコリほほえんでいるではありませんか。そして語りかけたのです。「わたくしがお話することを絵にかいてごらん」と。お月さまは世界中を旅しているので、コペンハーゲンの裏町のことも、スイスの出来ごとも、インドのお話も、たくさん知っているのです。英語の訳は「お月さまの見たもの」となっています。それは32話からなっています。ここでは最初の第1話を見てみましょう。インドのガンジス川のほとりで、一人の娘がランプを川に流しました。このランプがともっている間は、婚約者が生きているという証拠です。ランプは静かに川の上を流れて行きました。すると、娘は「生きているんだわ」と喜んで叫びました。

　最後の第32話を見てみましょう。お母さんが子どもたちと食事をしています。お母さんが4歳の娘に言いました。「いま、お食事の前に、なにか、余計なことを言ったでしょ」デンマークでは食事の前に主の祈り（Lord's Prayer）「天にいる神さま、今日も私たちにパンをお与えください」と言うのが習慣です。「お母さま、おこらないでね。わたし、バターもたっぷりつけてね」と言ったの。（and plenty of butter on it：デog dygtig smør på）

おうさま（王さま）と召使

中島敦（1909-1942）著。太平洋のパラオ諸島の一つにオルワンガル島という島があった。この島にルバック、これは王さまとか長老の意味だが、と、その召使がいた。召使は朝から夜までヤシの実をとったり、魚をとったり、ルバックの家の修繕やら洗濯やら、あらゆる仕事を一人でしなければならない。

ルバックは正妻のほかに大勢の妻をもっていた。食事はブタの丸焼き、パンの実、マンゴー、といったご馳走だった。ところが、召使の食事は魚のアラやイモの尻尾であった。夜はルバックの物置小屋で、石のようになって眠った。

ある夜、召使は夢を見た。自分がルバック（王さま）になって、大勢の女に囲まれて、ご馳走を食べていた。そして、自分に仕える召使を見ると、それはルバックだった。翌日、目を覚ますと、やはり、もとの召使だった。

次の夜も、次の夜も、同じ夢を見た。夢の中とはいえ、毎日ご馳走を食べているうちに、召使はルバックのようになった。逆に、魚の骨やアラばかり食べていたルバックは、すっかり痩せてしまった。自分にかしずくさまを見て、召使は、とても愉快だった。夢と現実の逆転である。

三か月たったとき、ルバックは召使に尋ねた。召使は、自信たっぷりに、夢の内容を語った。

この島は80年ほど前に、ある日、突然、住民もろとも沈んでしまった。

中島敦は東大国文科卒。1941年、パラオ南洋庁国語教科書編集書記として赴任し、民話を収集した。

おじいさんのランプ（新美南吉の童話）

「これなに、おじいさん、鉄砲？」「これはランプといって、昔は、これで明かりをつけたんだよ。でも、なつかしいものを見つけたね」と言いながら、おじいさんは小さいころの話をしてくれました。

　おじいさんは、13歳のころ、人力車でお客さんを運ぶ仕事をしていた。お駄賃に15銭（1銭は1円の100分の1）もらった。それでランプ屋に行って、ランプをおくれ、と言ったら、その3倍するよ、と言われた。でも、どうしても欲しかったので、お金がたまったら、かならず払うから、と言って、ランプを一つもらった。

　おじいさんはランプをもっとたくさん買って、ランプ屋を始めたんだよ。よく売れたから、もうかったよ。

　その後、村にも電燈がつくようになった。ランプは売れなくなった。油をささなければならないし、天井が黒くなる。電燈は、その点、清潔で、便利だ。

　文明開化と言っても、字が読めなくては、お話にならない。それで、おじいさんは、区長の家に行って、字の読み方を教わった。本が読めるようになると、毎日が楽しくなった。それで本屋を始めたのさ。おじいさんは、仕入れた本を、夜になると、一生懸命に読んだよ。おまえのお父さんが、おじいさんの本屋を継いだんだよ。学校もできたし、だれでも勉強ができる、よい世の中になった。

［注］新見南吉（1913-1943）は児童文学者。東京外語学校英文科卒。『赤い鳥』の鈴木三重吉に認められた。

おつきさま（The moon：Der Mond, グリム 175）

　むかし、お月さまのない国がありました。神さまが世界を
作るとき、夜の明かりが少し足りなかったのです。そこでは、
夜の間じゅう、まっくらです。この国の職人が四人で旅をし
ているとき、夜、カシワ（oak）の木の上に光を出す球（ま
り）を見つけました。それは、やわらかい光を流れるように
出していました。通りかかったお百姓に、あれはどういう明
かりですか、と尋ねますと、「あれはお月さまですよ」とい
う答えでした。「村長さんが3ターレルで買ってきて、カシ
ワの木に吊るしたのです。村長さんは、いつも明るく燃える
ように、毎日、油を注ぐのです。私たちは毎週1ターレルを
払っています」

　一人が木に登って、お月さまを取り外しました。

職人たちは、すっかり感心して、一人が言いました。「これをおれたちの国に照らしたら、夜も歩けるぞ」。二人目が言いました。「馬車と馬を調達して、このお月さまを頂戴して行こう。この村の人は、また買えばいいじゃないか」。三人目が言いました。「おれは木登りが得意だから、木に登って、お月さまを取りはずして、下におろそう」。四人目が馬車と馬を調達しました。四人は協力してお月さまを綱（つな）で下に下ろし、馬車に載せて、見つからないように、大きな布をかぶせました。そして、祖国に持ち帰り、大きなカシワの木に吊るしました。新しいランプが野原と家々を照らしたとき、村人はどんなに喜んだことでしょう。老人も若者も、小人までも、ほら穴から出てきて、明かりを喜びました。四人はお月さまに油を注ぎ、ランプの芯（しん）を掃除し、村人から1ターレルを集金しました。（続きは次のページ）

四人の若者はお月さまを盗んで、祖国に持ち帰りました。

おつきさまを得た国 （The country with the moon）

　四人は生活の糧（かて）を得たし、村人にも喜んでもらえたし、生活を楽しんでいました。

　しかし、四人は、年を取って、死が近いことを悟りました。四人は、死んだときに、お月さまの四分の一を遺産としてお墓に持ち込むことに決めました。

　一人が死んだとき、村長が木に登り、お月さまの四分の一をハサミで切り取り、棺（ひつぎ coffin）の中に入れました。お月さまの明かりは、前よりは小さくなりましたが、それでもまだ十分に明るかったのです。二人目が死ぬと、また四分の一が減りました。こうして三人目が死に、四人目が死ぬと、昔のように、夜はまっくらになりました。

　しかし、今度は逆に、地下の世界では、お月さまの四つの部分が一緒になって、すっかり明るく照らしましたので、今まで眠っていた死人たちが目をさまして、起き上がりました。そして昔のような生活を始め、ダンスをしたり、賭博をしたり、酒場で喧嘩を始めたり、騒音は天まで届きました。天国の門番をしていた聖ペテロが「けしからん」と怒って、馬に乗って、下界へ降りて行き、死人どもに「お墓に戻れ」と命じました。そして、お月さまを天に持ち帰り、そこに吊るしました。

［注］ゲルマン神話では、太陽は女性（ドイツ語 die Sonne）月は男性（ドイツ語 der Mond）、ローマ神話では太陽は男性（ラテン語 sōl ソール）、月は女性（ラテン語 lūna ルーナ）です。英語は the sun, the moon で同じです。

「絵のない絵本（お月さまが見たもの）」もごらんください。

オックスフォード〔Oxford〕

　Oxfordは「牛の渡瀬」(Oxene-ford 牛たちが渡る川の浅瀬) の意味だが、イギリスで最も古い格式のある大学のある都市である。大学の創立は1168年で、イタリアのボローニャ (Bologna, 1119) に次いで古い。そのあとサラマンカ (スペイン、1218)、ソルボンヌ (パリ、1253) が続く。東京帝国大学は1877年である (1945以後東京大学と改称)。

　オックスフォードは重要な英語辞典を出版してきた。The Oxford English Dictionary (1933, 13巻、第2版, 1989, 33巻)、The Concise Oxford English Dictionary, The Pocket Oxford Dictionary を始め、古代アイスランド語 (エッダとサガの言語) 辞典などがある。

　オックスフォード大学はラテン語、ギリシア語、サンスクリット語の教育と研究にも重要な役割を果たした。日本のサンスクリット語学者高楠順次郎 (1866-1945, 東京帝国大学教授)、辻直四郎 (1899-1979, 東大教授)、高津春繁 (1908-1973, 東大教授) は、みな、オックスフォードに留学した。

　Oxfordをウェールズ語でRhyd-ychen (ラダヘン) と書く。rhyd=ford, ychen=oxenで語源も意味も同じだが、語順がケルト語的に逆になっている。Rhyd-ychen=ford-oxen=oxene-ford=Oxford.

　rhydの語源は *per-2 'pass over', *per-tu 'firth, fjord, 古代ノルド語 fjöðr. ケルト語で *p- が消える。

　東京帝国大学で1886-1890年の間、言語学と日本語学を教えたのは英国人チェンバレンであった。

おてい（お貞）の話〔The Story of O-tei〕

ラフカディオ・ハーンのKwaidan（1904）の中の一編。

むかし、越後の国、新潟の町に、長尾長生（ながお・ちょうせい）という青年がいた。彼は医者の息子で、将来、医者になることになっていた。幼いときに、父の友人の娘お貞と婚約していた。長尾が研究を終えたら、お貞と結婚する予定だった。しかしお貞は15歳のときに肺病（当時、不治の病であった）にかかり、余命がいくらもないと悟ったとき、婚約者の長尾を呼んで言った。「長尾様、私たちは今年の暮れに結婚することになっていましたが、いま、私は死んでゆかねばなりません。しかし、信じてください。私は生まれかわって、ふたたび、この世に帰ってまいります」と言って、目を閉じてしまった。

長尾は一人息子だったので、結婚せねばならなかった。父の選んだ女性と結婚し、子供も生まれた。しかし、その後、不幸が続き、両親も、妻も、子供も失ってしまった。彼は淋しい家を捨てて、悲しみを忘れるために、旅に出た。

ある日、伊香保（いかほ）という山村に着いた。温泉と風景で有名な保養地である。宿泊の宿で、一人の娘が給仕に来た。長尾が、彼女の顔を見ると、お貞にそっくりではないか。

彼は彼女に尋ねた。「あなたは私の知っている女性にそっくりです。失礼ですが、あなたのお名前と故郷を教えていただけませんか」「私の名はお貞で、新潟の者です。あなたは私の婚約者、長尾長生様です」こう言って、彼女は気を失ってしまった。長尾は彼女と結婚した。幸福な生活だった。しかし彼女はその後、伊香保での出来事を思い出すことができなかった。

おとめ（乙女）イルゼ（Maiden Ilse）

グリム伝説（317：Jungfrau Ilse）

ドイツのハルツ山地にイルゼンシュタイン Ilsenstein（イルゼの石）という巨大な岩山がある。その岩山はブロッケン山のふもとのイルゼンブルク（Ilsenburg, イルゼの城）の近く、ヴェルニゲローデ（Wernigerode）伯爵領の北側にあり、イルゼ川の流れを浴びている。向かい側に、似たような岩山があり、地震のために、地盤が割れて出来たらしい。

ノアの洪水の際に、二人の恋人がブロッケン山に逃げて来た。押し寄せる洪水の中を泳いで岩山の上に立ったとき、岩が二つに割れて、ブロッケンに向かって左側に乙女が、右側に青年が立った。二人は抱き合って洪水の中に飛び込んだ。乙女の名はイルゼといった。いまでもイルゼは、毎朝、イルゼの岩（Ilsenstein）を開けて、イルゼ川で水浴びをする。彼女を見た人は、彼女を美しいとほめる。

ある朝、炭焼き人が彼女を見かけたので、親しげに挨拶すると、彼女が手招きするので、ついて行くと、彼女は岩の前で、彼のリュックサックを取って、中に入って行った。そして、中を一杯に満たして戻って来た。あなたの小屋に帰るまで、開けてはいけませんよ、と彼女は言って消えてしまった。炭焼きはあまり重いので、イルゼ橋まで来たときに、開けてしまった。すると、中はドングリやモミの実ばかりだ。ガッカリして川の中に捨てた。だが、イルゼの岩の上に落ちると、チャリンと音がして、それが金だと分かった、まだ隅に残っていたものを持ち帰ったが、それだけでも、生活が十分に豊かになった。

おとめ（乙女）イルゼの別の伝説

　前頁はグリム兄弟のドイツ伝説（317）だが、別の伝説によると、イルゼンシュタイン（イルゼの石）に、むかし、ハルツ（Harz）王のお城があって、イルゼという美しい姫がいた。近くに魔女がいて、その娘は、この上なく、みにくかった。イルゼには求婚者がたくさん訪れたが、魔女の娘には見向きもしなかった。魔女は怒って、お城を岩に変えてしまった。岩のふもとに、姫にしか見えないドアを作った。このドアから魔法をかけられたイルゼが、毎朝、出てきて、川の中で水浴びをする。彼女の姿を見ることができた人は、お城の中に案内されて、ご馳走と贈り物が与えられる。しかし、イルゼの水浴び姿を見ることができるのは、一年のうちの、ほんの数日だ。彼女と一緒に水浴びをできる人が、あらわれれば、彼女の魔法は解けるのだが、そんな男は、彼女と同じくらいに、美しく、徳をそなえていなければならない。

［注］der Harz（＜Hart「山林」）はドイツ中央部にニーダーザクセン（Niedersachsen；nieder は「低い」；cf. Netherlands「低地地方、オランダ」）州とザクセン・アンハルト（Sachsen-Anhalt）州にまたがる山地。Anhalt は「斜面」の山地（an-halt つかまり）。その最高峰はブロッケン山（Brocken；1140 メートル）で、魔女たちが年に一度集合して饗宴をすると言われ、ゲーテの戯曲『ファウスト』にも登場する。ハルツ国立公園には1600種類の高山植物があり、それらが見られる植物園 Brockengarten ブロッケンガルテンがあり、ブロッケン鉄道が通じている。

おばあさん（グリム子供伝説，KHM第8話）

　むかし、大きな町に、年取ったおばあさんが住んでいました。夕方になると、部屋で、たった一人、昔のことを考えていました。亡くなった夫、二人の子供、親せき、最後に残った友人も亡くなって、たった一人になってしまったのです。一番大きな損失は二人の息子でした。神さまに嘆いて、深い思いに沈んでいると、突然、早朝の教会の鐘が鳴るのが聞こえました。真夜中なのに、と不思議に思いましたが、教会に行きました。

　教会に着くと、いつものように、ろうそくのように明るくはなくて、弱い明かりでした。教会は、もう大勢、人がいて、席は全部ふさがっていました。いつもの、自分の席に来ると、そこには、空いた席はありませんでした。見ると、席に座っているのは、みな、亡くなった親せきの者たちでした。みな、古風な衣装で、青ざめた顔をしていました。話し声も歌声も聞こえません。すると、一人のおばさん（Muhme）が、おばあさんに語りかけました。「ごらんなさい。祭壇のうしろに、あなたの二人の息子さんが見えますよ。一人は絞首台にかけられ、もう一人は車にひき殺されていますよ。神さまは、息子さんたちが罪を犯すまえに（犯さないですむように）、まだ罪を知らぬあいだに、天国にお召しになったのです。」おばあさんは、ふるえながら、家に帰り、息子たちが罪を犯す前に、神さまが天国へお召しになったことを知り、神さまに感謝しました。

　そして、そのあと三日目に、おばあさんは亡くなりました。
　似たような民話がノルウェーの「真夜中のミサ」にあります（下宮『ノルウェー語四週間』1993, p.380-389）。

オランダ民話「スターフォレンの婦人」

The woman of Stavoren；オランダ語 Het vrouwtje van Stavoren.

昔、たくさんの船を持っている裕福な未亡人がいた。千年も前に（何年も前に）彼女は小さな町スターフォレンに住んでいた。彼女は高慢で、普通の平民とはほとんど話をしたことがなかった。彼女はお金と高価な品物だけのために生きているようなものだった。彼女の家は宮殿よりも美しかった。玄関は純金のバラで飾られ、ドアの取っ手はダイヤモンドだった。

ある日、彼女の船が、ふたたび、遠い旅から帰って来た。船は（沖合の）停泊地に止まっていた。船隊の船長は、すぐに裕福な未亡人のもとに呼ばれた。たくましい船長が地上に降りると、未亡人が尋ねた。「何を持ち帰りましたか。私はあなたに遠い国々から一番美しい物を持ち帰るよう命じたのですが。」

「がっかりなさらないでください、奥様」と船長は真剣な声で言った。「私はずっと考えました。そして、地上に見出しうる一番美しいものをあなたのために持ち帰りました。」

「まあ」と未亡人は歓喜した。「それは何ですか。さあ、早く言いなさい。」

船長は話を続けた。「私は貴重な、黄金色のムギを船一杯に積んできました。」

「何ですって」と未亡人は叫んだ。「まあ、頭のわるいこと。黄金色のムギですって？ そのどこが美しいんですか。そんなものは、すぐに海に捨ててしまいなさい。」

船長はわきに押しやられ、黄金色のムギは海の中に投げ捨てられた。

そのありさまを、未亡人は桟橋に立って見ていた、ひとり
の老人が話しかけた。「スターフォレンの婦人よ。あなたは
いつかこのことを後悔するでしょう。あなたは、そのうちに、
すっかり貧乏になりますよ。」
「ハ、ハ、ハ」と未亡人は笑った。「だまれ、じじいめ、私
は決して貧乏にはならない。ごらん」と彼女は桟橋に立って
いた全員に向かって叫んだ。「この指輪が見えますか？　こ
れを私は海に投げますよ。もし、海が私にそれを投げ返して
よこしたら、そのときには、私が貧乏になるかもしれませ
ん。」
　彼女が自分の高価な指輪に投げ込むと、笑いながら家に
帰って行った。船長は解雇された。若い船長が選ばれ、「遠
い国に行って、財宝を持ち帰りなさい」と命令した。
　その後、まもなく、未亡人は新鮮な魚を買った。彼女は料
理番に、その魚を洗って、焼くように命じた。すると、魚の
胃の中に豪華な指輪が入っていた。料理番はそれを未亡人の
ところに持って来て叫んだ。「奥さま、ごらんなさい。魚の
中にこんなものが入っていましたよ。これはあなたの指輪で
はありませんか。」
　スターフォレンの未亡人は、驚いて、真っ青になった。海
が指輪を彼女に返してよこしたのだ。
　そのとき、ひとりの召使が中に駆け込んできて、叫んだ。
「奥さま、たったいま、わるい知らせが来ました。あなたの
船が全部沈んでしまったそうです。」
　災難が次から次に続いた。未亡人は、どんどん貧しくなっ
ていった。彼女は生きるために自分の家、装飾品、所持品を
全部売り払わねばならなかった。彼女に同情する人はだれも

いなかった。彼女は民衆のだれも助けようとはしなかったからだ。ついにスターフォレンの金持ち女は乞食になって死んでしまった。

［付］同じ民話にもとづいているグリムの『ドイツ伝説』Deutsche Sagen（Nr.240）"Der Frauensand"（婦人の砂）のほうがずっと衝撃的である。神の贈り物である小麦が海中に捨てられた場所は砂浜となり、婦人の砂浜と呼ばれた。そこにはムギが生育したが、その穂には実が入っていなかった。繁栄した港町は、その後、ますます寂れていった。

［下宮『ゲルマン語読本』大学書林, 1995のp.42-50にオランダ語のテキストと訳注がある。筆者は1987年8月27日、AmsterdamからEnkhuizenで下車し、船で1時間20分のところにあるStávorenを訪れた。］

魚の中には指輪が入っていた。

かものちょうめい （鴨長明） 1155-1216

歌人。18,9歳のとき、父を失い、家を捨てて、芸道修行に励（はげ）んだ。主著「方丈記」（1212；Notes from my ten foot square hut）は、晩年に方丈（ほうじょう：3メートル×3メートル）の小屋を作り、隠居生活を送りながら、歌を詠んだ。方丈に住んだのは、晩年の数年であると思われる（Joseph Yamagiwa, University of Michigan）。

ゆく河の流れは絶えずして、しかも、もとの水にあらず。よどみに浮かぶうたかたは、かつ消え、かつ結びて、久しくとどまりたるためしなし。世の中にある人と栖（すみか）と、またかくのごとし。

The river flows ceaselessly. And yet, the water is never the same. Bubbles on stagnation vanish and combine. They never remain the same. Such is man and his home in this world.

夏目漱石は東大在学中、ディクソン（Dixon）先生に英訳を頼まれて、次のように訳した。

Incessant is the change of water where the stream glides on calmly：the spray appears over a cataract, yet vanishes without a moment's delay. Such is the fate of man in the world and of the houses in which they live.

隠者の系譜は、その後、松尾芭蕉（1644-1694）に受け継がれた。芭蕉（ばしょう）は「奥の細道」（The narrow road to the interior）の中で、陸奥（むつ）を目指した。

きえた（消えた）三人の王女 （A.Ransome, 1935）

　広いロシアの大地に王様と三人の娘が住んでいました。王様は娘たちがさらわれないように、地下に宮殿を作り、そこに住まわせていました。娘たちは本を読んで、この世界には太陽が輝き、夜はお月さまと星が光っていることを知りました。娘たちは父にせがんで、地上の、太陽が輝くところに連れて行ってくださいと頼みました。王様は愛する娘たちの願いを断ることができません。それぞれの娘に10人の乳母とお手伝いをつけて地上に案内しました。娘たちは、生まれて初めて太陽を見ました。なんと美しいこと！　空気のすがすがしいこと！

　しかし、突然、大きな風が吹いて来て、王女たちは、アッという間に、遠くに吹き飛ばされてしまいました。

　王様は国中の英雄、勇士を呼び集めて、王女たちを探させましたが、見つかりません。村のはずれに貧しい女が三人の息子と住んでいました。彼女は一晩に三人の息子を生みました。長男は夕方に、次男は真夜中に、三男は朝に生まれました。そこで、息子たちを夕方、真夜中、日の出と名付けました。

　三人が森の中を三か月進んだとき、小さな小屋にたどり着きました。その地下の洞穴に巨大なヘビが三匹、王女の一人一人についていました。三人が、それぞれ戦いましたが、結局、末の息子（日の出）が三匹のヘビを仕留めて、三人の王女は、父親の王様のもとに帰ることができました。長男は一番上の王女と、次男は二番目の王女と、三男は三番目の王女、これが一番美しいのですが、と結婚しました。［出典］

A.Ransome, Old Peter's Russian Tales. London, 1935.

きそじ（木曽路）と島崎藤村

瀬沼茂樹著（平凡社、歴史と文学の旅、1972）

作家・島崎藤村（1872-1943）の足跡を写真入りで解説したもの。木曽路と島崎藤村（馬籠、妻籠、木曽福島、小諸）、木曽路を歩く（夜明け前の舞台：古寺、関所、木曽の史跡）。

島崎藤村は長野県馬籠（まごめ）村に生まれ、9歳のとき、勉学のために東京に出た。『破戒』（1906）で文壇デビュー。小学校教員瀬川丑松（うしまつ）は部落民の出身で、父親からそれがバレたら、職を失うぞ、と言われていたが、それを生徒の前で告白し職を失った。丑松はテキサスの新天地に去った。

藤村は1913-1916年（42歳から45歳まで）パリに留学した。ちょうど第一次世界大戦の時期であったが、その様子が『エトランゼエ（仏蘭西旅行者の群）』（1922, 432頁、1922.11.20.に第9版！）に描かれている。パリに落ちついたとき、タタミの上に思いきり、身体を伸ばして寝たいなあ、と思った。戦争が激しくなり、パリを逃れてリモージュに来た。Rimogesに滞在していたとき、小さな女の子たちに小さなお菓子の袋を与えた。すると、次に会ったとき、日本人、クリをおあがり、と言ってくれた。この様子は日本の子供たちに送った絵葉書に描かれ、『幼きものに』（256頁、実業之日本社、1917、48版1926）に書かれている。

著者・瀬沼茂樹（1904-1988）は評論家、『日本文壇史』全6巻、翻訳：テーヌ（Hippolyte Taine）の『文学史の方法』（岩波文庫）がある。東京商科大学（一橋大学）在学中に伊藤整と知り合った。

ギター弾きのサトコ （Sadko the dulcimer-player）

　サトコは生まれ故郷、ロシアのノブゴロド（Nov-gorod「新しい町」）のヴォルホフ（Volkhov）川のほとりで、毎日ギターを奏でていた。名前はサトコだが、青年である。彼はヴォルホフ川が恋人だった。魚を釣って食べていた。

　川の底に住むヴォルホフ川の王が、ある日、サトコを川の中の宮殿に招いた。「毎晩、美しい音楽を奏でてくれてありがとう。私には娘が30人いる。どれか気に入った者を選ぶがよい。そして結婚するがよい。」サトコは叫んだ。「アッ、ヴォルホフ川と同じくらいに美しい」と言って、一番末の娘を選んだ。結婚式のあと、彼女の宮殿に行って、ギターを奏でながら、休んだ。「美しい妻よ、あなたはヴォルホフ川と同じくらいに美しい。」翌朝、目をさますと、サトコは、ヴォルホフ川の朝のもやの中にいた。

　［出典］A.Ransome：Old Peter's Russian Tales. London, 1935.

　挿絵はヴォルホフ Volkhov 川岸のボート。

SADKO

きみ（君）死にたまふことなかれ

　与謝野晶子（1878-1942）の反戦歌。

ああ、をとうとよ、君を泣く

君死にたまふことなかれ

末に生まれし君なれば

親のなさけはまさりしも

親は刃（やいば）をにぎらせて

人を殺せとをしへしや

人を殺して死ねよとて

二十四までをそだてしや。

Oh my brother, I cry for you.

You must not give your life !

You, the youngest of us all,

Most loved by our parents.

Did they place a sword in your hands,

Teaching you to murder；

To kill and then to die yourself?

Is that how they raised you,

these twenty-four years?

　与謝野晶子は大阪、堺の和菓子屋の娘。2歳年下の弟、壽三郎は日露戦争（1904-1905）のため、旅順Lushünに赴いたが、無事に帰国し、家業の和菓子屋を継いだ。晶子は与謝野鉄幹（1873-1935）と1901年に結婚。12人の子供を育てながら詩作にはげんだ。鉄幹がパリに赴くと、あとを追って1912年パリに行き、詩集『夏より秋へ』（1914）を書いた。

きんのさかな（金の魚）

　欲ばってはいけないよ、とおじいさんが孫のワーニャ（男の子）とマルーシア（女の子）に、次のお話をしました。

　むかし、海岸の掘っ立て小屋におじいさんとおばあさんが住んでいました。おじいさんは、ある日、金色の魚を釣りました。賢そうな目をしていましたよ。金の魚が言いました。「私は、いまは魚ですが、もとは人間でした。だから、食べてもおいしくありません。だから、放してください。」「ああ、わかった、じゃあ、好きなところへ、おゆき」と放してやりました。

　家に帰って、その話をすると、おばあさんは、怒りました。「おまえさん、ばかだねえ。こんな家に住むのはいやだよ。せめて台所とベッドのある部屋がほしいじゃないか。早く行って、その金の魚にお願いしておいでよ。」おじいさんは、いやいや、海岸に行って、金の魚を呼んで、おばあさんの願いを伝えました。「家に帰ってごらんなさい。希望通りにしましたよ。」家に帰ると、新しい家がありました。冷蔵庫には飲み物と食事が入っています。すると、おばあさんの欲はだんだんエスカレートし、お城に住んで、女王になりたい、最後には、太陽と月を支配する神さまになりたい、と言うではありませんか。そのとたんに、お城も、庭のある家も、みんな、なくなり、夫婦は、海岸の、むかしの掘っ立て小屋に住んでいました。

　［出典］A.Ransome, Old Peter's Russian Tales. London 1935. グリム童話「漁師とその妻」（グリム19）のロシア版です。プーシキンの『勇士ルスランとリュドミーラ姫』（岩波少年文庫）の中の「漁師と魚」にあります。

クリスマスの贈り物（フィンランド民話：コリンデル1957）

　湖のほとりに大きな村と小さな農場がありました。今日はクリスマスです。男の子ダニエルDanielと妹のアンニAnniが村に買い物に行きました。クリスマスの晩は暮れるのが早い。買い物を終えて、家に帰るとき、雪はますます激しくなり、家はまだ遠い。するとオオカミが出て来て、子供のために、少し食べ物を分けてください、と言うのです。アンニはパン2斤（きん、斤、はひとかたまり、英語loaf）を与えました。しばらくすると、今度はクマが来て、子供たちのために食事を少し分けてください、と言うのです。ダニエルはミルクを半分、シラカバの樹皮の容器に入れて渡しました。

　家に帰ると、子供たちは途中の出来事を両親に話しました。「よいことをしたね」と両親は感心して聞いていました。それから全員でお祈りをして、食事を始めましたが、ふしぎなことに、パンはいくら食べても減らず、ミルクはいくら飲んでも減りません。そのとき、窓をひっかく音が聞こえて、オオカミとクマが前足で立っていて、ありがとうと言うではありませんか。夫婦と子供たちは、食事を少しばかり分けてあげたことに対して、神さまがお返しに祝福をくれたことを知りました。

［出典］スウェーデンのウプサラUppsala大学教授ビョルン・コリンデルBjörn Collinder（1894-1983）の『ウラル諸語ハンドブック』第3巻Survey of the Uralic Languages（Stockholm, 1957, 536頁）の中のフィンランド語の章のテキスト（No.30, p.92-95）フィンランド語・英語の対訳。題「クリスマスの贈り物」は私がつけた。

『グリム童話・伝説・神話・文法小辞典』（自著紹介）

同学社、249頁、2009.

小著はグリム兄弟の多面的な著作を249頁のポケットブックの形で紹介したものです。紙面をいただいたので、この本を紹介させていただきます。

グリム兄弟の全著作は2001年以降Olms-Weidmannから47巻の予定でリプリントが出版中です。Grimmはドイツ（deutsch）をゲルマン語全体（germanisch）の意味に用いています。

この本は書名のように

① 童 話（KHM=Kinder- und Hausmärchen von Jacob und Wilhelm Grimm）

②伝説（DS=Deutsche Sagen, von Jacob und Wil-helm）

③神話（DM=Deutsche Mythologie, von Jacob）

④文法（DG=Deutsche Grammatik, von Jacob）

⑤その他 DW=Deutsches Wörterbuch, von Jacob und Wilhelm；DR=Deutsche Rechtsaltertümer, von Jacob；GD=Geschichte der deutschen Sprache, von Jacob；Kleinere Schriften von Jacob und Wilhelm. からなり、全体がドイツ語のアルファベット順になっています。

項目数は688（1項目平均11行）ですが、その配分は①童話213, ②伝説131, ③神話127, ④文法98, ⑤その他119, 計688です。

①はKHM200話とKinderlegenden（子供のための聖者伝）などを加え、②はDeutsche Sagen 585話のうち、レクラム抜粋版を参照して131話を取り上げ、③はDeutsche Mythologie 3巻の中から127項目を、④はDeutsche Grammatik 4巻の中か

らGrimm特有のものを中心に98項目を、⑤その他からは119項目を選びました。③④⑤については、学習院大学定年（2005）の最終年に集中的に10巻ほどに目を通し、重要と思われるものを拾いました。

　グリムといえば、ヘンゼルとグレーテル、赤ずきん、白雪姫などの童話、ハーメルンのネズミとり、タンホイザー、白鳥の騎士（ローエングリーン）などのドイツ伝説などが有名ですが、これらは出版の200年を経た今日、世界の共通財産になっています。童話は諸外国にそれぞれの収集を促しました。JacobのDeutsche Mythologieは他の諸国に同様の刺激を与えました。Jacobはドイツ・スラヴ関係（deutsch-slawische Beziehungen）の歴史においてHerderと並んで最も重要な人物であるといわれています。Grimm兄弟はGöttingenやBerlinの大学でどんな講義をしたか、なども紹介してあります。

　ドイツではHumboldt, Schlegel, Grimmのいずれも兄弟で有名ですが、Grimmのように同じ家に住み、一生涯、仲よく研究して、学界に貢献した人はめずらしいのではないでしょうか。兄JacobはそのDeutsche Grammatik 4巻を「いとしいWilhelmよ、この本はおまえのために書いたようなものだ」と弟あてに書いています。二人あわせてゲルマン文献学の創始者（Begründer der germanischen Philologie）と呼ばれるゆえんです。

　中身を二、三紹介しましょう。Doktor Allwissend（物知り博士）博士は立派な家に住んでいて、おいしいご馳走を食べている。おれも博士さまになれないもんだべか、と百姓が博士宅を訪ねると、「なれますよ、これこれこうしなさい」と言われて、早速、実行すると、みごと立派なお金持ちになれ

ました（KHM 98）。Dornröschen（イバラ姫）は魔女の怒りにふれて、100年の眠りに陥りましたが、ちょうどその期限が過ぎたときに、美しい王子がイバラに覆われたお城にやって来ました。すると、イバラが崩れ落ち、王子がお城の中に入り、寝室に眠るお姫さまにキッスすると、姫は目をパッチリあけて、ニッコリほほえみました（KHM 50）。まるで「やっと会えたのね、私の百年待った人に」といわんばかりに。

　Altdeutsche Wälder（古代ドイツの森、3巻, 1813-1816）はグリム兄弟の創刊した雑誌。折にふれて書き留めた52編の小論集で、古代ゲルマンのテキストと注が30編あまりを占める。ラテン語silvae（'Wälder'）はanthologiaの意味に用いられ（P.Papinius Statiusの詩集）、その伝統に従って、Martin Opitzの Von der Deutschen Poeterey（1624, =Poetische Wälder）、John Drydenの Sylvae（1685）、Herderの Kritische Wälder（1769）があり、Grimm 兄弟もこれにならった。Jacob Grimmはスペインの古いバラッド集をSilva de romances viejos（古いロマンセの森）の書名で出版した（1815）。

　Genus der Partizipien（DG 4,67）分詞の種類（名詞は小文字）。（1）他動詞の現在分詞が受動の意味をもつ場合：eine melkende kuh 乳を搾られる牛…（2）自動詞の現在分詞：wohlschlafende nacht wünschen 安眠を祈る（nacht, worin man wohl schläft）；eine erstaunende Menge 驚くべき人数（worüber man erstaunt；フランス語étonnante quantitéの模倣かと思われるが、フétonnerが他動詞に対してドerstaunenは自動詞）…（3）過去分詞（以下略）。

　グリムやアンデルセンは私に人間的な言語学を教えてくれ

ました。本書をボン大学（1965-1967）での恩師クノーブ
ロッホ先生（Prof.Dr.Johann Knobloch, 1919-2010；印欧言語
学、コーカサス学）の90歳誕生日に捧げたところ、病床の
先生が喜んでくれました。
　［ラテルネ103号、同学社、2010年春：ラテルネは日本独文
学会が年に2回、春と秋に開催されるのに合わせて刊行され
る24頁の小冊子］

ヘンゼルとグレーテル（KHM 15）

グリム兄弟 （Brothers Grimm）

　グリム兄弟というと、グリム童話のヤーコプ・グリム（1785-1863）とヴィルヘルム・グリム（1786-1859）が有名だが、兄弟姉妹6人いて、末の弟ルートヴィッヒ・グリム（1790-1863）が三番目に重要であった。ルートヴィッヒはカッセル（Kassell）のアカデミー教授で、グリム童話の挿絵を描いた。童話の普及は、この挿絵に負うところが大きい。

　グリム兄弟の長兄ヤーコプはゲッティンゲン大学で1830年夏学期（Sommersemester, 4月から7月まで）から1837年罷免されるまで7つの異なる講義を行った。ドイツ法の資料と古代性（6回予告、2回タキトゥスのゲルマーニアについて：古代ドイツ神話学、計3回）；古代ドイツ語文法、現代語と比較して（6回予告、実行）；ドイツ文学史（3回予告、2回実行）；古文書学（文字の起源、写本の読み方、2回予告、実行）；オトフリット解説（聴講者不足のため中止）。

　ヴィルヘルムは病気のため休講が多く、ニーベルンゲン詩の解説（7回予告、2回実行）；フライダンクの格言およびヴァルター・フォン・デア・フォーゲルヴァイデの詩の解説（4回、休講）；ヴォルフラムのヴィレハルムの解説（1回、休講）；グドルーン（1回、実行）。

　グリム小論集。ヤーコプ・グリムは8巻あり、ベルリン・アカデミーでの講演や書評を再録したもの。第2巻の「カレワラについて」（1865, 463頁）はフィンランドの叙事詩カレワラを論じ、スウェーデン語訳とロシア語訳が出た。ヴィルヘルム・グリムの小論集は4巻あり、童話・神話を論じる。

グリム・メルヘン列車 （Märchenzug nach Grimm）

　これは1990年度の独語学特別演習（土2時限）を履修している学生21名の作品を集めたものです。メルヘン列車は午前11時30分に教室を発車し、13時00分に教室に帰れるようになっています。当時、目白駅の車庫に遊んでいる車両が1台あって、昼間、レストランになっていました。

　時刻表：教室発　　　　ab Klassenzimmer　11:30

　　　　　グリム園着　　an Grimm-Garten　12:00

　　　　　グリム園発　　ab Grimm-Garten　12:30

　　　　　教室着　　　　an Klassenzimmer　13:00

　このメルヘン列車は24席の特別車（Sonderwagen）で、1990年12月15日（土）11時30分に教室を発車します。23泊（Übernachtungen）24日の旅ですが、1日が3分間に短縮されていて、13時00分には教室に帰れるようになっています。乗客は独文4年生特別演習参加の23名です。ガイドのかとうかずこさんは学習院大学独文科卒のエッセイストです。宿泊地は白雪姫の7人のこびとの家、イバラ姫のお城、赤ずきんちゃんの森、星の銀貨の降ってきた森、など、みなグリムにゆかりのある（verbunden mit）場所です。宿泊地ごとに1人3分の作品発表を鑑賞しましょう。自由時間には村や町を探検して結構です。コビト、ヤギ、オオカミとお話できる脳味噌転換期（Gehirnautomat）もご利用ください。では発車オーライ。（下宮『目白だより』文芸社、2021, p.40：かとうかずこ Kato Kazuko は頭韻 alliteration を踏んでいる。本書p.208の「ラインの古城」参照）

ゴーゴリ『外套』 ロシアの作家Nikolai Vasilievich Gogol'（1809-1852）の小説。

　ペテルブルク（ロシアの旧都）の役所にアカーキイ・アカーキエヴィッチという貧しい九等官が勤めていた。彼は下級のままだった。ロシアの冬は寒い。外套は必需品だった。だが彼の外套はつぎはぎだらけで、これ以上、補修ができないほどになっていた。彼は倹約に倹約をかさねて、ようやく新しい外套を買うことができた。上役が新調を祝って夜会を開いてくれたが、その帰り道で、追剥に、財布の次に大事な外套を奪われてしまった。彼は悲しみのあまり、寝込んで、死んだ。すると、まもなく、ペテルブルクに、外套を探す幽霊が出るようになった。

　大都会の、しかも、官職にありながら、貧困、階級、の乗り越えられぬ格差（gap）がある。九等官は、ずっと昇級できないままだったのだ。

　ドストイェフスキーは「われわれはすべてゴーゴリの『外套』から出発した」と言っている。

　「外套」のロシア語pal'tó（パリトー）はフランス語partout パルトゥ（どこでも、any place, everywhere着て行ける）からきている。

　ロシアの貴族階級は、小さいときからフランス語を教えられ、作品の中にもフランス語が、とくに、会話の個所に、ひんぱんに出てくる。プーシキンなどは、最初は、フランス語で作品を書いていた。

こううん（幸運）の長靴 （アンデルセン童話）

Galoshes of Fortune （Lykkens kalosker, 1838）

　コペンハーゲンのあるお屋敷でパーティーが開かれていました。話題は中世と現代のどちらがよいか、というのです。法律顧問官クナップはハンス王（1481-1513）の時代がよかったという意見でした。このお屋敷の玄関には幸運の長靴が置いてありました。それを履くと自分の行きたいところへ行くことができるのです。

　顧問官は、家に帰るときに、玄関にたくさん履物がありましたので、うっかりこの長靴を履いてしまったのです。それで、彼が望んでいたハンス王の時代に行ってしまいました。ですから、ふだんは立派な舗道なのに、今晩はぬかるみです。おや、街灯もみんな消えている。そうだ、辻馬車に乗って帰ることにしよう。だが、辻馬車はどこだ。店が一軒もないじゃないか。しばらく行くと、酒場をかねた宿屋に出ました。おかみさんに「クリスチャンスハウンまで辻馬車を呼んでくださいませんか」と頼みましたが、15世紀ですから、何のことだか話が通じません。客が、ラテン語を知っていますか、と尋ねました。

　顧問官は、いままで、こんな野蛮で無学な連中に会ったことが、ありませんでした。まるでデンマークが異教の昔に戻ってしまったようです。「そうだ、なんとかして逃げ出そう」と戸口まで這い出たとき、追いかけてきた人たちに、長靴が、つかまってしまいました。しかし、さいわいなことに、長靴がぬげて、それと同時に、魔法も解けてしまいました。そして顧問官は東通りに出て、辻馬車に乗って家に帰ることができました。

こうやひじり （**高野聖**） Kohya Saint

　泉鏡花（いずみ・きょうか1873-1939）の小説（1900）。

　高野聖が越前から信州まで飛騨（ひだ）の山越えをした。山の中の分かれ道で、一人の薬売りが、お坊さん、近道はこっちですよ、と細い道に入って行った。ひどい道で、木の上からはヘビや山蛭（やまひる）が落ちてきて、首すじに吸いついた。気味わるい森をぬけると、一軒の山家（やまがhouse in the mountain）があった。中に入ると、一人の白痴（はくち）と美しい女がいて、泊めてくれた。女は高野聖を谷川に連れて行って、からだを洗ってくれた。見ると、女も裸になって、水浴びをしていた。そこへ、ガマ、コウモリ、サルがあらわれて、女のからだにまとわりついた。かれらは、もと、人間だったが、この女に魅惑されて、動物になってしまったのである。富山の薬売りは馬に変えられて、町で売られ、酒のさかなになってしまった。高野聖は、昼間の疲れでウトウトしていた。陀羅尼経（だらにきょう）を唱えながら眠った。

　山家の女性は、むかし、川下にあった医者の娘だった。13年前、8日も降り続いた雨で、村が絶えてしまった。生き残ったのは、医者の娘と、白痴になった夫だけになってしまった。娘は、この道を通って、言い寄ってきた男たちをたぶらかし、動物に変えてしまった。

　泉鏡花は石川県金沢市に生まれ、尾崎紅葉の弟子となり、「外科室」「夜行巡査」を書いた。「高野聖」は怪奇小説で、最も成功した作品になった。

こけ（苔）moss, Moos, mousse

ことわざ「転がる石は苔むさず」A rolling stone gathers no moss（職業を転々と変える人は成功しない）にある。日本国国歌「君が代」には、永遠の象徴として、「千代に八千代にさざれ石の巌となりて苔のむすまで…」と歌われ、チェンバレン（Basil Hall Chamberlain, 1850-1935）の『日本事物誌』Things Japanese（1905）に英訳されている。

A thousand years of happy life be thine !

Live on, Our Lord, till what are pebbles now,

By age united, to great rocks grow,

Whose venerable sides the moss doth line.

チェンバレンは東京帝国大学で博言学（＝言語学）および日本語学の講師であった（1886-1890）。『日本近世文語文典』『日本口語文典』、外国人のための日本小百科事典『日本事物誌』があり、これらは日本を世界に紹介した。

こけと老木（the moss and the old fallen tree）：

この老木は川のほとりに根のついたまま倒れた老木である。そこに苔が生えて、ともに生きている。老木は苔に安住と栄養を与え、苔は心地よく生息することができる。日本の原風景の一つと言ってもよい。老木で思い出されるのは、ラフカディオ・ハーンの「青柳物語」である。柳の精（spirit）が山奥に父、母、娘と三人で住んでいた。吹雪の晩に訪れた20歳の青年が一晩の宿を乞うと、娘が飲食をもてなし、彼女の父と母の前で、娘に求婚した。許されて京都で5年間、しあわせに暮らした。（続きは本書p.50）

こどものおしゃべり（Children's Prattle）

アンデルセン童話（1859）

ある商人の家で子供たちのパーティーがありました。子供たちは、みんな自慢をしていました。一人が言いました。「私は侍従（じじゅう：君主に仕える人）の子よ」。別の子が言いました。「私のパパはチョコレートを100リグスダラー（100万円）も買って、それをまき散らすことができるのよ」。すると別の子が「…センで名前が終わっている人は、えらくなれないんですって」。作家の娘が言いました。「うちのパパは、みんなのパパを新聞に出すことができるのよ。みんな、うちのパパをこわがっているんですって。新聞を支配しているのは、うちのパパなんですから」。そのとき、ドアのそとに、一人の貧しい男の子がいて、すきまから中をのぞいていました。この子のお母さんは、このお屋敷の料理女として雇われていたのです。

あれから何年もたちました。男の子はイタリアに留学して立派な彫刻家になりました。トールヴァルセン（Thorvaldsen）はセンに終わっていますが、立派な人になりました。町の大きな家に、男の子の作品を見るために、毎日、大勢のお客さんが訪れました。

［アンデルセンがイタリアで彫刻の創作をしていたトールヴァルセンを訪問したとき、子供時代の話を聞いて、童話にしたものです。センは「息子」の意味で、アンデルセンはアンドレアス（勇敢な人）の息子の意味です。トールヴァルセンはトール（Thor北欧神話の雷の神）のような力（valdヴァル）をもった人の息子の意味です。］

ことわざ（グリム「ドイツ語辞典」の定義）

　ことわざ（proverb, ドイツ語Sprichwortシュプリッヒヴォルト）はラテン語でproverbiumプロウェルビウム、ギリシア語でadagiumアダギウム、という。グリムの定義は「類語を組み合わせたことば、多くの人に話されることば、である。グリム童話からの例：義務は硬くても割らねばならぬクルミのようなものだ、義務はつらいもの（Muss ist eine harte Nuss, グリム童話54）；痛い目にあうと、人は賢くなる（durch Schaden wird man klug, グリム童話64）；簡単に稼いだお金はすぐになくなる、あぶく銭（グリム童話107）。始まりがよければ、半分完成したのも同じ（グリム童話114, frisch gewagt ist halb gewonnen）；類は友を呼ぶ（Gleich und gleich gesellt sich gern, グリム童話164, 199）；約束したことは守らねばならない（Was du versprochen hast, das must du auch halten, グリム童話1）；よいことは三つある（Aller guter Dinge sind drei, グリム童話2：朝食がおいしかった、昼食もおいしかった、夕食もおいしいだろう）；罪を後悔して、それを白状する者は許される（Wer seine Sünde bereut und eingesteht, dem ist sie vergeben, グリム童話3）；太陽が罪を裁いてくれる（Die klare Sonne bringt's an den Tag, グリム童話115：仕立屋が修業中、一文なしになった。途中で出会ったユダヤ人に金をよこせと迫ったが、8銭しかない。もっとあるだろう、と殺してしまったが、それしかなかった。その後、仕立て屋は町の親方のところで仕事を得て、その娘と結婚した。子供も二人できたころ、悪事が発覚して、裁判にかけられ処刑された。

ことわざの言語学（proverbs and linguistics）

ことわざは「ことのわざ」（art of things）である。英語 proverb は pro-verb「ことばのために」で、この verb は「動詞」ではなく、ラテン語では「ことば」の意味だった。ラテン語 verbum ウェルブムは *werdhom から出て、英語 word と同じ語源である。ことわざのギリシア語 par-oimíā（パロイミアー）も「ことばのために」の意味である。

「時は金なり」Time is money. はアメリカの大統領ベンジャミン・フランクリン（1706-1790）のことばで、またたく間に世界中に広まった。ドイツのダニエル・ザンダースの『引用句辞典』（Leipzig, 3版 1911）に「時は金なり、しかしたくさん時間のある人はお金もたくさん必要だ」とある。

ことわざの文法の特徴をいくつかあげる。

頭韻（alliteration）：Adam's ale is the best brew.

アダムのお酒（＝水）は最良のお酒。

脚韻（end-rhyme）：ドイツ語 Träume sind Schäume. トロイメ・ズィント・ショイメ。夢は泡（あわ）。

フランス語 Songes, mensonge. ソンジュ・マンソンジュ. 夢はウソ。スペイン語 Quien no ha visto Sevilla, no ha visto maravilla. キエン・ノ・ア・ビスト・セビーリャ・ノ・ア・ビスト・マラビーリャ。セビーリャを見たことのない人は奇跡を見たことがない。Sevilla はイスラムの町。

対比（contrast）：ド Je höher der Berg, je tiefer der Tal. イェー・ヘーアー・デア・ベルク・イェー・ティーファー・デア・タール。山が高ければ高いほど、谷は深い。

コンサイス・オックスフォード辞典 (C.O.D.)

The Concise Oxford Dictionary (by H.W. Fowler and F.G.Fowler, 1952, xvi, 1523pp.)

序文に「辞書を作る人（dictionary-maker）は、あらゆる分野の知識を備えていなければならない、とある。全知（omni-science, ギリシア語panepistêmē）が必要なのだ。C.O.D.について中川芳太郎（1882-1939）は『英文学風物誌』（研究社、1939）で「C.O.D.は、ここ20年あまり離れがたき好伴侶であった」と記している。あの大きなオックスフォード英語辞典（1928, 補遺1933）13巻を圧縮したのであるから、ファウラー兄弟の苦労は大変だったろう。

この辞書で困るのは見出し語の配列である。たとえば、unction（塗油、油薬、軟膏）が、なかなか出てこない。なんと、接頭辞un-1, un-2が終わったあと、untainted, unused, unwak(en)edが続く。unctionはまだ出てこない。unadopted, unanchor, … unveilのあとに、やっとunctionが登場した。アルファベット順にすべきだ。

この辞書で初めて学んだのはMiddleの項目にあるMiddle Kingdom（＝China）だった。日本語でも「中国」という。1582年、イタリアの伝道師マテオ・リッチMatteo RicciがMiddle Kingdomと呼んだ。

dictionary, glossary, secretary, vocabularyを並べると、glossaryとsecretaryから形容詞glossarial, secretarialを作ることができるが、dictionary, vocabularyからは形容詞が作れない。

サイゴンのワニ （The crocodile in Saigon）

（島崎藤村がフランスに留学するとき、子供たちに書いた）

　いま、お父さんはフランスに行く途中、サイゴンに寄りました。1913年のことです。サイゴンは、とても暑いところです。今日、植物園に行きました。植物園といっても、ワニなんぞが飼ってあるのですから、動物園を兼ねていました。ワニがいたので、ワニさん、こんにちは、と挨拶しました。ワニは2メートルもある、大きなワニでした。お父さんはワニに話しかけました。「ワニさん、日本にもお前たちの親類が来ていますよ」。すると、ワニが答えました。「わたしたちの身内のものが日本にもいるんですか。それで、それはなんというところです？」「東京の上野公園です」「日本は、冬は寒いところと聞いていますから、そのワニも寒がっていることでしょう」「それは大丈夫です。冬には、部屋を暖めてやりますから」「そういうしあわせなワニもいるんですね。私の子供のころのお話をしましょう。わがままばかりして育ちましたから、サイゴンの町はずれを流れている川を泳いでいますと、洗濯をしている女がいました。私の親は、しきりにとめましたが、私はその洗濯女を川の中にひきずり込んで、食べてしまいました。

　いまは、その罰として、植物園の、こんなせまいところに入れられて、うとうと居眠りばかりしています。ここの植物園に雇われている鳥や獣の中には、なかなかの役者もいまして、芸当をして見物人を喜ばせていますが、私にはとてもできません。日本にお帰りになったら、サイゴンにいた不精なワニの懺悔話を日本の若い身内の者たちにお伝えください。

さんしょうだゆう（山椒大夫）森鷗外作〔1915〕

　母と娘と息子が筑紫（つくし、福岡）に赴任している父を訪ねて岩城（福島）から九州に向かっていた。母は30歳、娘の安寿（あんじゅ）は14歳、息子の厨子王（ずしおう）は12歳だった。越後（えちご、新潟）に出たとき、人買いから、筑紫に行くのであれば、陸路より航路のほうが安全だと言われたが、これは三人を騙すためだった。厨子王と姉は丹後（たんご、京都）へ、母は佐渡へ売られてしまった。

　丹後に連れて行かれた厨子王と姉は、山椒大夫のもとで働くことになった。厨子王は芝刈りが、姉の安寿は汐くみが仕事であった。二人はお互いに励ましあいながら働いていた。冬が過ぎたころ、姉も芝刈りに行けるよう、山椒大夫に頼んだ。

　厨子王と姉は仕事場に出かけたが、姉は、いつもとは違う高台へ行き、「私にかまわず、都へ逃げなさい」と厨子王に告げた。厨子王は姉の言いつけに従い、目に涙を浮かべながら、都（京都）に向かい、追っ手から無事に逃げ切ることができた。

　京都で厨子王は出世し、7年後には丹後の役人となった。そして、人身売買（slave trade）を禁止して、部下に母と姉の情報を探らせた。

　姉は厨子王を逃がしたあと、自殺していた。しかし、母は盲目となって、佐渡で生きていることが分かり、無事に再会を果たした。厨子王は山椒大夫に復讐し、奴隷のように働いていた若い男女を解放した。

シーセダン（Merci, messieurs et mesdames）

なんと、メルシー、メッシュー・エ・メダム（Thank you, gentlemen and ladies）がシーセダンと聞こえるのだ。『ふらんす80年の回想』（白水社, 2005, p.73）。野村二郎（1928-）が Lettre de Lyon（リヨン便り, 1954）の中で書いている。日本語の「こんちわー」が「ちゃー」になるようなものか。野村二郎（1928-）は東京外国語大学フランス語科卒、東京教育大学助教授を経て筑波大学教授。『ふらんす生活あ・ら・かると』（白水社 1958）などの著書あり。

最初のパラグラフと無関係だが、2022年夏は、近年にない猛暑で、ヨーロッパでは、1700人が死んだそうだ。カリフォルニアでは毎年森林火災が起こる。日本は森林大国だが、火災は滅多に起こらない。山梨県の山奥で道に迷った小倉美咲ちゃん、もし山火事が起こったら、逃げて、助かったかもしれないのに。

ぼくの心の中で二つの声がする。「働け！」「サボれ！」そこで、ぼくは、まず、水を飲む、つめたい水を。1. I hear two words in my heart. "Work！" and "Be idle！" So I drink water, cold water. 2. Ich höre in meinem Herzen zwei Worte. "Arbeite！" und "Sei faul！" Da trinke ich Wasser, kaltes Wasser. 3. J'entends deux mots dans mon cœur. "Travaille！" et "Sois paresseux！" Alors, je bois de l'eau, de l'eau froide.

しおかりとうげ（塩狩峠）三浦綾子の小説

　塩狩峠（Shiokari Pass）は北海道の宗谷本線・旭川から北へ6駅さき、塩狩駅の手前にある。主人公の永野信夫が明治10年（1877）東京の本郷に生まれ、明治42年（1909）塩狩峠で亡くなるまでの生涯が描かれている。

　信夫は8歳のとき、自分の生みの母に初めて会った。母は、小学校の根本芳子先生のように美しく、よい香りがした。妹がいることも知らなかった。信夫の母がクリスチャンだったので、祖母がこれをきらって、お前の母は死んだ、と言い聞かせて育てたのである。

　その祖母が死んだので、信夫は日本銀行勤務の父と、母の菊と妹の待子（まちこ）と四人で暮らすことができるようになった。肉や卵焼きを初めて食べた。とてもおいしかった。祖母は魚や野菜の煮つけしか食べさせてくれなかった。

　小学校で吉川という友人がいた。彼は信夫の無二の親友だった。吉川には、待子と同年の妹ふじ子がいた。ふじ子は、自分の妹と同じにかわいい子だったが、足が少しびっこだった。四人でお手玉、おはじき、かくれんぼをして遊んだ。かくれんぼのとき、すぐそばにいたふじ子の足を初めて見たが、そのときの感触が忘れられなかった。吉川は「お坊さんになる」、信夫は「先生になる」と将来を語り合った。吉川の父は、ことあるごとに母をなぐっていたので、母をなぐさめたいと思ったのだ。

　吉川の父は郵便局に勤めていたが、酒飲みで、借金がかさなり、一家は北海道へ引っ越さねばならなくなった。吉川は小学校を卒業すると、すぐに札幌の鉄道に勤めて、一家を養うことになった。信夫も、父が同じころ卒中で亡くなったの

で、中学を卒業すると、就職した。父の上司の世話で裁判所の事務員になった。

　信夫は、北海道に渡ったふじ子が、何の罪もないのに、足が不自由で、その上、肺病とカリエスで寝ていることを知った。彼は、可憐なふじ子が手のとどくところにいたいと思って、母、妹と別れ、裁判所もやめた。そして、東京を離れ、札幌の炭鉱鉄道会社に転職した。吉川は喜んで歓迎した。ふじ子のかかっているカリエスは肺結核で、骨が腐る病気である。ふじ子を医者に診せる余裕は、貧しい吉川には、ない。信夫は名医と評判の先生を訪ねた。「必ず治るという信念をもつこと、小魚や野菜をよく噛んで食べ、身体をきれいに拭くこと」という助言を得て、ふじ子の兄と母に伝えた。母は、身体を拭くと、病原菌がさらに進むのではないかと思っていた。ふじ子は少しずつ健康を取り戻した。信夫が25歳のとき、21歳のふじ子に求婚した。7年後、ふじ子は結婚できるまでに回復した。

　信夫は、日曜日に伝道の仕事をしていた。ある日、伝道からの帰途、塩狩峠に来たとき、機関車が客車から切断されて、スピードで下り始めた。信夫は一介の乗客に過ぎなかったが、ハンドブレーキで客車をとめようとして、車輪の下敷きになった。乗客は全員が助かったが、信夫が犠牲になった。なんたる悲運！　32歳だった。

　最愛の人を失ったふじ子は、信仰が助けてくれるだろう。

　Fujiko will be consoled by faith.

　旭川発9:00稚内行き特急が塩狩峠の付近に来ると、ここは三浦綾子の塩狩峠の舞台です、というアナウンスがある。

七人兄弟 〔seven brothers〕

　フィンランドの作家アレクシス・キヴィ（Aleksis Kivi,1834-1872）の小説 Seitsemän veljestä（1870）。ヘンゼルとグレーテルのように、七人兄弟が両親に森の中に捨てられ、置き去りにされる。宿を求めて森の中を歩いていると、家があったので、そこで泊めてもらうことができた。ところが、そこは人食い鬼（ogre）の家だった。寝室には、人食い鬼の七人の娘が帽子をかぶって寝ていた。七人兄弟の一番下の弟が七人の娘の赤い帽子を全部取り去り、一番下の弟が兄弟を連れて逃げ出した。鬼は、夜中に、帽子をかぶっていない七人の子供が人間の子供だと思って殺してしまった。翌朝、鬼は自分の娘たちを殺してしまったことに気づき、七人の人間を追いかけたが、鬼の七里靴（seven mile boots）を奪って逃げたので、七人とも両親の家にたどり着くことができた。

　キヴィは村の裁縫師の子に生まれ、苦学してヘルシンキ大学に学び、その後、田舎の小屋に住んで、作品を書いた。学生時代に「カレワラ」に取材した悲劇「クレルウォ」を書いて賞を得た。1864年の喜劇「村の靴屋」は農民の生活を描いた。キヴィの貧しい生活を見て、リョンクヴィストという婦人が一軒の小屋を彼に贈った。キヴィは感謝してこの贈り物を受け取り、そこで一生を送った。

　1870年の「七人兄弟」は農民小説で、フィンランド文学の代表作に推される作品で、現在までの発行部数はフィンランド第一である。森本覚丹『フィンランド民族文化』（民族文化叢書、目黒書店、1942, p.253）

シベリア鉄道 （Trans-Siberian Railway）

　シベリア鉄道はウラジオストク（Vladivostok）からモスクワまでの9300キロを4泊7日で走る。車名はロシア号。Vladivostokは「東方制覇」の意味である。Vladí（支配せよ）vostók（東を）。前半は、語源的に、英語wield, ドイツ語waltenにあたる。ビデオ「シベリア鉄道」を見るとウラジオストク発は真夜中の0:55となっているが、手元の『ヨーロッパ鉄道時刻表』European Rail Timetable 2007ではウラジオストク発13:15、7日目モスクワ着17:42となっている。13両のロシア号には26人の車掌が乗っていて、二人がそれぞれの乗客の世話をする。停車駅はハバロフスク、チタ、アムール川を渡り、ウラン・ウデ（仏教徒の町：ウランは「赤い」、ウデは川の名）、バイカル湖畔を通り、イルクーツク（モスクワの青年貴族が1825年12月に革命を起こして流刑された町）、クラスノヤルスク、ノボシビルスク（Novo-sibirsk新しいシベリアの町、人口150万）、オムスク、チュメニ（Tyumen, トゥラ河畔、人口80万）、イェカチェリンブルク（スヴェルドロフスク）、ペルミ（ウラル山脈；ここがアジアとヨーロッパの境界点）、ヴィヤトカ、ニジニ・ノブゴロド、モスクワ（ヤロスラブリ）である。最後のモスクワ（ヤロスラブリ）は、東京（上野）のように、東京も広いので、東京（上野）、東京（新宿）、東京（新橋）のように書く。

　乗客はパン、ソーセージなど食料を持参する。停車駅で食料、飲料を買うことができる。朝の食事にボルシチ（borshch）が支給される。野菜と肉のロシアスープである。

ジャル（JAL）はチャル：バカはパカ

　2008年7月26日、ソウルから東京へ帰るときのこと、空港でJALはどこですか、とたずねると、チャルは、あそこです、と答えた。私は5年ごとに開催される国際言語学者会議（高麗大学Korea University）で「俳句と言語学」（Haiku and linguistics）を発表しての帰りだった。私は2003年、プラハでのExecutive Committee（7名）に選ばれていたので、ソウルでのSofitel Ambassador Hotelの6泊宿泊費のほかに250ドルのお小遣いをもらったので、行きに羽田で5000円を46,000ウォン（1円＝9ウォン）に両替しただけで、110ドルがあまった。

　ホテルのテレビでは毎晩6時（18:00時）に竹島問題が映っていた。7月23日の遠足でDemilitarized Zoneに行った。2台のバスで参加者70名は秘密トンネル（The Third Tunnel、1978）、国境イムジン川の「新しい橋」は「南北統一の橋」と呼ばれる。バスガイドFlora Lee（李瑄祐）が日韓の歴史を説明した。正確だよ、とほめてあげた。

　私は朝鮮語を生半可にしか学ばなかったので、朝鮮語の清音と濁音が、よく分からない。1962年、東京教育大学で河野六郎先生の朝鮮語入門（東洋史の学生も含めて30人）に参加したのだが。下駄getaが朝鮮語に借用されてケダkedaとなる。私は中学1年のころ東京都町田市に住んでいたのだが、近所の朝鮮人の子供がバカbakaのことをパカpakaと言っていた。横浜商店街の中華料理店の店主がお客に「オアシoashiハイカガデスカ」と言った。これも「お味oaji」である。

宗教団体（religious organization）

　安倍晋三（1954-2022）もと内閣総理大臣は、2022年7月8日、選挙応援のために奈良に出張中、暴漢（41歳）に射撃され、亡くなった。52歳、最年少で首相となり在任9年だった。犯人は、母親が所属している宗教団体に多額の寄付をして、破産したので殺したと言ったが、安倍首相が、その団体に関係していたというのは誤信だ。宗教団体は、収入も多いが、支出も多いらしい。寄付をもうやめなよ、と直接、母に言えばよいじゃないか。まったく無関係の人を殺して、どういうつもりなんだ。安倍首相の突然の不幸は世界中に発信された。インドのモディ（Modi）首相は、長年の友の突然の死をいたみ、翌日7月9日を喪の日として、全インドを休日にした。

　宗教って、なんだ？ religionは神と人間をむすぶ関係（ligは結ぶ）と定義される。宗教戦争は1517年の宗教改革あと、ヨーロッパ各地で起こった。ヨーロッパを長い間支配したカトリック（katholikós「全体的」の意味；katà holikós）教会に対して、ドイツのルター（Martin Luther, 1483-1546）が反対を唱え、プロテスタント（protestant, 反対する人）と呼ばれ、ヨーロッパを二分する戦争に発展した。イギリスのブリテン島のような小さな地域でも、イギリス国教とアイルランドのカトリック教の間に戦争が続いた。

　日本では、フランシスコ・ザビエル（1506-1552）が1549年、長崎にキリスト教を伝え、日本に信者を獲得した。福沢諭吉（1835-1901）は、自分は、どんな宗教にも属したことはないし、どんな宗教も信じない、と言っている。

しんあい（親愛）なる学生諸君

　というのが、ドイツの大学の最初の授業で先生が学生に語りかけることばである。1965年11月、ボン大学の独文科の講義室で、先生は liebe Kommilitonen（親愛なる、ともに戦う者たちよ）と挨拶した。そうか、先生も学生も、学問と「戦う者」なのだ。この Kommilitone（単数形；ともに戦う者）の中にはラテン語 miles（兵士；複数 milites）が入っている（英語の military）。200人ほどの学生の中に、（前の学期からの）気に入らない学生がいたらしく、先生は、出て行きなさい、グズグズしないで、と言った。

　ドイツの授業は、段階があがるごとにきびしくなる。最初200人、300人だった学生が、だんだん、専門があがってゆくと、プロゼミナール（Proseminar）に参加、次にゼミナール（Seminar）に参加となって、学生は20人、10人、5人と減ってゆく。そしてドクター論文を書いてもよいと先生に認められた学生は Doktorand（博士候補）となり、論文と口述試験（試験官は複数）に合格すれば、晴れて Doktor になる。大学教授になるためには、さらに上位の Habilitation（教授資格論文）を書かねばならない。

　ボン大学の恩師クノープロッホ先生（Prof.Dr.Johann Knobloch, 1919-2010）は1944年、ウィーン大学助手時代にドイツ・フランス戦争に従軍して、右足を失った。先生の Wien 大学時代の博士論文はジプシー語のテキスト解読（ウィーンの捕虜から学習した）、教授資格論文は印欧語の母音 e/o だった（ギリシア語 lég-ō 言う, lóg-os ことば）。

しんぶん（新聞）newspaper

　新聞は、和語で表現すると、あたらしく聞いたことがら（things newly heard）のように長い表現になる。その点、漢語は便利だ。日本に最初に新聞があらわれたのは、いつか。日本の最初の新聞を作ったのは、イギリス人 John Black で、横浜在住のジャーナリストだった（1827-1880）。チェンバレン（Chamberlain, p.92）によると、それは『日新真事誌（にっしんしんじし）』（Journal of new things in Japan）だった。ひとたび種がまかれるや、新聞界は急速に進歩した。日本帝国には781の新聞・雑誌が発行され、東京だけでも209あった。最重要は『官報』（Government news）、次に半官半民の『国民』、保守的で外国嫌いの『日本』、進歩的な『読売』と『毎日』、商業新聞『中外商業新報』、ほかに『朝日』『都』『中央』『報知』も大人気。発行部数は『よろず重宝』が最大の20万部、『大阪朝日』が15万部。『ジャパン・タイムズ』は全文が英語。内閣が変わると、Gōgwai！ Gōgwai！（Extra！Extra！）の声が通りに響く。

　新聞の見出し（head）は、最小のスペースに最大の情報を盛り込まねばならないので、漢語が大活躍する。見出しの語法を headlinese という。図書館で朝日新聞（2022.5.15.）を見ると、沖縄復帰、基地負担続く50年、米ロ協議実現、NATO加盟申請のフィンランド、スウェーデン、北朝鮮コロナ感染52万人、などがあった。2022年2月24日、ロシアのプーチンは「ネオナチ追放」の名目でウクライナに侵攻し、都市の破壊と罪のない住民の殺戮を続行中である。

スイスの山 （Two Swiss mountains）

　アルプス連山の二つの高い山、ユングフラウ（Jungfrau, 4159メートル）とフィンステラールホルン（Finsteraarhorn, 4275メートル）、山岳地帯の巨人、が会話を始める。

ユングフラウ：何か新しいことはありませんか。貴君は私よりよく見えるでしょう。

フィンステラールホルン：ちっぽけな虫けらどもが這いまわっている。あの二足動物さ。

ユングフラウ：人間ですか。

フィンステラールホルン：そうだ、人間だ。

　数千年が過ぎ去った。山々にとっては一瞬である。

ユングフラウ：何が見えますか。

フィンステラールホルン：虫どもは減ってきたようだ。

ユングフラウ：さあ、今度は？

フィンステラールホルン：今度はいい。どこを見ても真っ白ですっかりきれいになった。どこも雪と氷だ。

ユングフラウ：ご老人、私たちは十分しゃべりました。もう寝る時間です。（ツルゲーネフ「会話」1878年2月）

　ツルゲーネフ（1818-1883）はロシアの作家。『初恋』『狩人日記』などあり。フランスでフローベル、ドーデ、モーパッサン、ゾラと交際し、ブージヴァルBougivalで亡くなった。上記の会話は岡澤秀虎著『ロシヤ語四週間』大学書林 1942, p.286からの引用。著者岡澤さんは29歳、早稲田大学教授だった。1941年に第16版3000部が4回も出た。私はこの本を学習院大学の村田経和さんから2001年にいただいた。

スウィート〔Henry Sweet, 1845-1912〕

　イギリスの音声学者、英語学者。オックスフォード大学音声学助教授（Reader in phonetics）であった。その実力にもかかわらず、大学当局は教授職を与えなかった。『学生用アングロ・サクソン語（古代英語）辞典』『古代英語入門』『中世英語入門』『最古の英語テキスト』『口語英語入門（全部発音記号で書かれている）』、『アングロ・サクソン語（古代英語）テキスト、グロッサリーつき』など、その功績は絶大である。

　1995年9月15日（金）ヘンリー・スウィート生誕150年を記念したHenry Sweet Colloquiumで、私はSweet and Jespersen in Japanの発表を行い、そのあと、スウィートのお墓（郊外のWolvercote）を訪れた。会議主催者Dr.Mike Macmahonマクマーン（Glasgow）の指示で、私は参加希望者14名を代表してショートスピーチを行った。

「ここに集まったヘンリー・スウィートを愛し、尊敬する人たちを代表して。私はあなたが授業をなさったテイラー研究所を見学しました。あなたが近代語の実際教授法の授業をなさったとき、日本からの生徒が一人いるだけでした。もう亡くなられた東京帝国大学英語学教授の市河三喜博士が1912年にオックスフォードに来たときには、スウィート先生、あなたにお会いできませんでした。」

　日本からの生徒は平田禿木（1873-1943）で、文部省留学生としてオックスフォードに来た。外国語教授法の授業の掲示を見て留学の目的にピッタリだと思ったが、生徒は一人だけだった。うちにおいでよ、とSweet先生宅で授業を受けた。

スキー旅行（Olle's Ski Trip, by Elsa Beskow, 1960）エルサ・ベスコウ（1874-1953）はスウェーデンの画家。27頁の中に全頁15枚のカラー絵と白黒の絵6枚が収められている。表題のOlle（オッレ）は6歳の男の子。

　オッレは6歳。誕生日にスキーをもらいました。お母さん、行ってまいります。サンドイッチを作ってもらって、お母さんと4歳の弟に別れを告げました。

　途中で、冬の王さま（King Winter）に出会いました。雪のお城に案内されました。クマが2頭、出迎えてくれました。王さまのお城には2頭のアザラシがいました。

　しばらく進むと、ラップランド人が10人、火のまわりにすわっていて、編み物を編んでいました。ラップランドの子供たちが雪合戦をしています。トナカイのひく橇（そりsledge）におじいさんが乗っています。オッレもそのスキーにつなげてもらいました。「アッ、雪解けおばさん（Mrs. Thaw）がやって来た。おばさん、待ってよ。」

　でも、雪解けおばさんは、待ってくれません。

　春になったからです。

　ごらんなさい、春のお姫さまが車に乗って空を飛んできましたよ。蝶々（ちょうちょう、butterflies）が車を引いていますよ。雪解けおばさんがニコニコしながら、春のお姫さまを迎えています。畑のまわりには小川が流れ、草花が咲き始めました。雪の世界が緑の野と山にかわり、スウェーデンとラップランド（ラップランドはスウェーデンの北部地方）にも春がめぐってきました。（次ページの絵はエルサ・ベスコウ）

　スキーの季節が終わって、春のお姫さまが車に乗って来た。

　地上ではおばあさんが、よく来たね、と出迎える。

Princess Spring comes flying in her carriage.

Drawing by Elsa Beskow

すずらん（lily of the valley）

　NHK朝のドラマ（1999年春）「すずらん」は北海道留萌本線恵比島駅を舞台に、主人公・萌の生涯を描いている。

　萌は1922年11月20日生まれ。生後2か月のとき、母親が貧困のため、育てられないと書き置きして、恵比島駅（作品の中では明日萌駅）に捨てられていた。この駅は春になるとすずらんが満開になる。「駅長様、どうかこの子をよろしくお願いします」というメモを見て、駅長（橋爪功）は捨て子をわが娘として育てる決心をした。前年、妻に死なれ、三人の子供がいたのだが、亡くなった妻の代わりのような気がした。萌は姉一人、兄二人の妹として、素直に育った。19歳になったとき、生みの母を探して上京した。食堂で知り合った鉄道技師と1942年に結婚し、息子が生まれたが、夫は中国で戦死した。戦後、1956年に33年ぶりに萌は生みの母と会うことができた。二人は一緒に北海道へ帰る途中、母は故郷の青森で亡くなった。晩年に思いがけず30億円という遺産を手にしたので、長年の夢だった保育園「すずらん保育園」を建てた。

　すずらんの花言葉は幸福の再来（return of happiness）。「小さな駅にも大きなドラマがある。名もなき市井の人にも語り尽くせぬ人生がある」（作者、清水有生）

　原作：清水有生、主演：橋爪功、橘瑠美、遠野凪子（なぎこ）、倍賞千恵子。遠野は14歳から59歳までを演じた可憐な少女である。

　2011年現在、舞台の中村旅館と駅長宿舎は残っているが、戦前に石炭町として栄え、戦後すずらん弁当でにぎわった活気は消えて、今は無人（unattended）駅になっている。

せいこううどく（晴耕雨読）Plough when rainy, read when fine.

　晴れた日には畑を耕し、雨のときは本を読みなさい。漢語は4文字だが、和語で言うと、とても長くなる。英語は8語で、どれも、やさしい単語である（6語）。

　太郎は、そこそこの（neither good nor bad）大学を卒業したが、まともな仕事につくでもなく、両親の家で、のんびり暮らしていた。「晴耕」って、なに？　畑が30坪あったので、野菜や果物を作っていた。現金収入は？　昼間はコンビニで働いた。時間はたくさんあったから、どんな時間でも引き受けた。

　「雨読」は？　雨のときは家で好きな勉強をしていた。好きな勉強って、なに？　英語とかドイツ語とかフランス語。それって役にたつの？　教養だから、すぐにお金になるわけではない。

　雨読にもどるが、何を読んでいるのか。アンデルセンやグリムが好きだった。のちにトルストイが加わった。トルストイはTwenty-three tales（民話23話）を愛読している。何度も読んだ。Oxfordの世界古典叢書の1冊で1931年の、古ぼけた本だ。コーカサスの虜（とりこ：老いた母親のところに帰る途中、タタール人に捕らえられた）、人は何によって生きるか（人は愛によって生きる）、二人の老人（ロシヤ人は一生に一度は聖地イェルサレムを訪れる）などが入っている。エリアス（Elias）は真の幸福とは何かを教えてくれる。エリアスは裕福な農夫で、馬200頭、牛150頭、ヒツジ1200匹を持っていた。貧しい人や、旅人に宿と食事を与え、尊敬された。だが、不幸が続き、すっかり貧乏になってしまった。夫婦二人だけになったとき、これが本当の幸福だと思った。

せかい（世界）一美しいバラの花

（アンデルセン童話、1852, The world's most beautiful rose）

　女王が重い病気にかかって、いまにも亡くなりそうでした。お医者さんのうちで一番賢い人が言いました。世界一美しいバラの花を差し上げれば、治ります。これを聞いて、老いも若きも、詩人も学者も、乳飲み子を抱いたしあわせな母親も、それぞれが美しいバラの花を持参しましたが、効き目がありません。小さな王子が本をたずさえて、女王のベッドに来て言いました。「おかあさま、聖書にこう書いてありますよ。十字架の上に流されたキリストの血の中から咲き出たバラの花が一番美しい。」

　そのとき、女王のほおにバラ色の光がさしてきました。目が大きく、明るく開いて、言いました。

「バラの花が見えます！」

　そして女王は、元気になりました。

　アンデルセンは草花を愛し、その156の童話には、バラ、アシ、チューリップ、モミ、スイレン、ブナ、イラクサ、カシワ、シュロ、スミレ、クルマバ草、菩提樹、白樺、ニワトコ、柳、ヒナギクなどが登場する（草水久美子「アンデルセンにおける草花」東海大学北欧文学科1980年度卒業論文）。アンデルセンの故郷オーデンセのアンデルセン公園には、彼が愛した草花146種が咲き乱れている。もう一つの童話で有名なグリム童話には、バラ、ユリ、ブナ、ハシバミ、野ジシャ、ヒルガオなど41種類が登場する。

せかい（世界）の言語のカタログ（イタリア, 1785）

　スペインの言語学者ロレンソ・エルバス著。El lingüísta español Lorenzo Hervás. Estudio y selección de obras básicas por Antonio Tovar. I. Catalogo delle lingue. Madrid 1986. 366頁。「第1巻：言語のカタログ。著者の研究と要約」東京都千代田区マナンティアル書店で1990年、3,980円で購入した。

　編著者 Antonio Tovar（1911-1985）はサラマンカ大学教授、学長、ギリシア・ラテン語、バスク語が専門。南アメリカの言語のカタログ Catálogo de las lenguas de América del Sur（1961）, The Ancient Languages of Spain and Portugal（1961）もある。

　原著「世界の言語のカタログ」は260頁で、目次（indice del catalogo delle lingue conosciute 知られている言語のカタログ）は1. アメリカの言語、2. グリーンランド語、3. アジアの言語、4. タタール語、シナ語、満州語、モンゴル語、カムチャトカ語、グルジア語、5. ヨーロッパ語、イリュリア語、ウクライナ語、コサック語、6. ギリシア語、チュートン語、デンマーク語、スウェーデン語、英語、オランダ語、ドイツ語、7. ケルト語、アイルランド語（Erse）、アルモリカ語、ウェールズ語、英語、8. ラテン語、イタリア語、スペイン語、フランス語、ポルトガル語、9. バスク語（またはカンタブリア語）。日本語（lingue del Giappone）についてはイエズス会の資料からとして、tintosama（太陽）、tono（padre 父）、ange（piloto）、hachir（走る navigare 航海する）、hasur（空腹である avere fame）があげられる。脇注に日本語はタタール語である（la lingua Giapponese è Tartara）とある。

　新しいスペイン（Nuova Spagna, 南アメリカ）の言語とし

てメキシコ語、マヤ語、キチェ語などがあげられている。

EL LINGÜISTA ESPAÑOL
LORENZO HERVÁS

Estudio y selección de obras básicas
ANTONIO TOVAR

I. CATALOGO DELLE LINGUE

HISTORIOGRAFÍA DE LA LINGÜÍSTICA ESPAÑOLA

Sociedad General Española de Librería, S.A.

言語のカタログ（Cesena, 1785）。
挿絵はギリシアの牧羊神パーン（Pan）

せんせい（先生）っておいしい職業だなあ、って1994年の学生が言った。だって、自分の好きなことだけやっていればいいんだもの。あのころは、たしかに、アンデルセン、グリム、ハイジ、フランダースの犬、星の王子さま、など自分の好きなテーマを言語学概論や、その他の授業に使っていた。しかし、教師の仕事は、授業だけではない。それ以外の雑用（校務）もかなりある。

1975年10月、40歳のとき、学習院大学文学部独文科に赴任したときには、不安で一杯だった。同僚は、当時出版されて間もないオットー・ベハーゲル（Otto Behaghel）の『ドイツ言語学概論』（白水社）の訳者、桜井和市、冨山芳正、橋本郁雄、早川東三、川口洋、といった、そうそうたるメンバーだったからだ。彼らの間に伍して、やって行けるだろうか。

だが、10年、20年が、またたく間に過ぎて行った。その間、病気で休んだことは、ほとんどなかった。学会があっても、めったに休講はしなかった。自分は学習院大学にどんな貢献をすることができたか。何人を教育したか、を数えるべきであるが、これはむずかしいので、何人の学生に教えたか、なら計算できると思って、1975-2004年度の学生数（途中放棄を除く）を合計してみると、9000人だった。担当科目6つないし7つの1年間の合計数は平均300人。多いクラスは全学対象の言語学概論（日文科の長嶋善郎氏が来る以前）や言語と文化（前身は教養演習、ヨーロッパの言語と文化）のある年だったが、毎年、1000名以上を集めた吉田敦彦さんの神話学や左近司祥子さんの哲学概論と比べたら桁違いである。

才気煥発の学生が数年に一人はいる。そんな発見も教師の

醍醐味である。1995年には、こんな学生がいた。「先生、なぜGreat Britainていうか知っている？」今日、仏文科の授業で教わったばかりなんだけど、フランスのブリテン（ブルターニュ）と区別して、大きなBritanniaというんだよ。知的好奇心に燃えた彼女は、得たばかりの新知識をだれかにおすそわけしたくて、うずうずしていたのだ。で、授業が終わると、ぼくの研究室に飛び込んできて、それを披露したというわけ。卒業の年、「腐ったリンゴなどと言われないように、自分を磨いてきます」と言ってドイツに去って行った。腐ったリンゴはアンデルセンの「コマとマリ」（The Top and the Ball）に出てくる話である。彼女（菊池菜穂子さん）はドイツから帰国して、日独協会「日本とドイツの架け橋Die Brücke」の編集部で働いている。

　1975年10月、学習院大学に赴任して、最初に驚いたことの一つは、独文科の書庫である。そこには、令名高いパウルの『ゲルマン文献学体系』全3巻（1900-1909, 第2版）が三セットも置かれていた。ぼくは1965-1967年、ボン大学の言語学研究所、独文科、スラヴ語科などで勉強したのだが、なぜか、これに気づかなかった。

　近年、キャンパスが美化されて、雨が降っても靴が濡れないですむように、コンクリートになった。ほとんど毎日お世話になっている目白駅も貴族ふうの姿になった。学習院大学の利点は、目白駅のすぐそばにあるという点である。こんなに便利な大学は、そうざらにはない。

　青山学院大学、立教大学、早稲田大学などとくらべたら、一目瞭然だ。上智大学は、この点、学習院大学といい勝負である。ボン大学もボン中央駅のすぐそばにあった。時は逃げ

る（tempus fugit）とラテン語はいう。こうして、ぼくも去らねばならぬ時が来た。2005年3月は70％の去りがたい気持ちと30％の安堵の気持ちだろう。

　この印欧語族の絵は、ぼくが最も気に入っているものの一つで、下宮・川島・日置編著『言語学小辞典』（同学社、1985, 第4刷2002）からのものである。

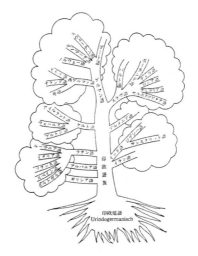

　　アウグスト・シュライヒャー August Schleicher の系統樹説
August Schleichers Stammbaumtheorie（1869）。一本の木の幹から枝が分かれ、その枝から小さな枝が分かれ、さらに、小さな枝が分かれるように、語族、語派、個別言語ができた。

ソーセキ（漱石）の孫〔Sōseki's grandson〕

　夏目房之介（1950-）はマンガ、エッセイ、マンガ評論を書いている。2002年1月、日本マンガ展監修とNHKドキュメンタリーの仕事でロンドンに行った。ロンドンは漱石が1900-1902年の間、文部省留学生としてシェークスピアを学んだところである。

　その雰囲気から『漱石の孫』『孫が読む漱石』を書いた。

　1999年、マンガ批評の貢献で手塚治虫文化賞特別賞。2008-2021年、学習院大学文学部身体表象文化学教授。

　下の絵は岡本一平の漱石八態の一つで、縁側でバナナの樹に向かって書き物をしている。スズリとフデを使って書いている。左うしろにネコがコワイと言っている。

そっきょうしじん（即興詩人） アンデルセンの小説（1835）

　原題Improvisatorenはデンマーク語で、英語はThe improvisatorである。語源はイタリア語improvviso（インプロッヴィーゾ）「即興で」である。アンデルセンが1833年9月から1834年3月までイタリアを旅行したときの見聞を描写したもので、名所旧跡が織り込まれ、イタリア案内小説といわれる。

　ローマに育ったアントニオAntonioはイエズス会の神学校に学び、ダンテの神曲を知り、親友ベルナルドBernardoを得た。アントニオはオペラ歌手アヌンチャータAnnunciataと知り合い、彼女に即興詩を贈った。二人の間に恋が芽生えたが、ベルナルドも彼女を恋していることを知り、二人は決闘した。アントニオはベルナルドを傷つけてしまい、ローマから逃れた。ヴェネチアVeneziaに行き、即興詩を作っていた。

　6年の歳月が過ぎ、アントニオが26歳になったとき、場末の劇場で落ちぶれたアヌンチャータと再会した。二度目に訪ねると、彼女はすでに旅に出たあとだった。遺書から彼女が愛していたのはアントニオであることを知った。自分はこれから死ななければならない、とあった。

　軍医だった森鷗外（1862-1922）がドイツ語から訳した文語訳『即興詩人』（春陽堂1902）は原作以上の作品といわれる。原語、デンマーク語からの散文訳は宮原晃一郎（1882-1945）『即興詩人』（金星堂1923、再版、養徳社1949）、大畑末吉訳『即興詩人』（岩波文庫）があり、安野光雅絵・文『即興詩人』（山川出版社2010）は絵入りで楽しい。

そら（空）飛ぶトランク（The Flying Trunk）

　アンデルセン童話（1839）。トルコに行った少年の話です。

　少年は裕福な商人の息子でした。父親が死ぬと、さんざん遊んで、遺産をすべて使い果たしてしまいました。友人が古ぼけたトランクをくれて、これに荷物を入れなよ（Pack up！）と言いました。これはふしぎなトランクで、空を飛ぶことができるのです。自分が中に入ってカギをかけると、空に舞い上がり、アッという間にトルコに着いてしまいました。少年はトランクから出て、森の中にトランクを隠して、町に出ました。高いところにお城があるので、通りの女の子に尋ねました。「お姫さまが住んでいるのよ。恋愛で不幸になるという予言が出たので、誰も近づけないようになっているの」。

　少年は森に引き返し、トランクに乗って、お城の窓から忍び込みました。お姫さまはソファーで寝ていましたが、あまり可愛らしいので、キッスしてしまいました。彼女はおどろいて、誰なの、と聞くので、ぼくはトルコの神さまで、空を飛んで来たんだよ、と自己紹介し、かわいい赤ちゃんを運んでくるコウノトリの話をしました。面白いお話だったので、お姫さまはとても喜びました。少年が結婚してくれる？と尋ねると、いいわよ、両親が土曜日にお茶に来るから、そのとき、聞いてね。トルコの神さまと結婚すると聞いたら、きっと喜ぶわ。

　約束の日、両親の快諾を得ましたが、結婚式の前夜、空に花火が打ち上げられ、町中が喜びに沸きました。が、その花火の一つが森の中のトランクに火がついて、燃えてしまい、計画はオジャンになってしまいました。

だいがく（大学）書林（2010）

Es war einmal ein goldenes Zeitalter…

（むかし、黄金時代があった…）

　大学書林（東京都文京区小石川）は1929年に佐藤義人氏（1902-1987）が創業した出版社である。英語四週間、ドイツ語四週間など26言語の入門書が有名だが、その後、基礎英語、基礎ドイツ語…、アラビア語辞典、トルコ語辞典、ヒンディー語辞典など、貴重な東洋の言語にも及んだ。

　佐藤義人さんは早稲田大学文学部独文科出身で、最初は友人たちのドイツ語教科書を出版することから始めた。長男の佐藤政人（まさと；1935-2019）さんも父親と同様、早稲田大学文学部独文科の出身で、最初、大学書林編集員、のち、編集長、1987年から社長として、文化的な事業に貢献してきた。

　そこで、発起人：半田一郎（東京外国語大学）、森田貞雄（早稲田大学）、下宮忠雄（兼：編集・世話人、学習院大学）として、2010年『外国語愛好者からの手紙—佐藤政人75歳祝賀文集 Bibliofile breve til hr.Masato Sato på 75-årsdagen 14 marts 2010（非売品、64頁、100部、製作費は下宮が支払った）を作成し、寄稿者29名に2部ずつ送った。寄稿者はアイウエオ順で、浅香武和、家村睦夫、伊藤太吾、岩崎悦子、上田和夫、荻島崇、小沢重男、大高順雄、国原吉之助、黒柳恒男、小泉保、古賀充洋、古城健志、児玉仁士、佐藤純一、下宮忠雄、菅田茂昭、高橋輝和、竹内和夫、千種眞一、半田一郎、福井信子、福田千津子、村田郁夫、森信嘉、森田貞雄、山下泰文、山田泰完、吉田欣吾であった。

だいがく（大学）書林の黄金時代

　大学書林の「書林」を広辞苑で引くと、①書籍が多くある
ところ、②転じて、書店、とあり、大学書林という名称はハ
イデルベルクの有名な Carl Winters Universitätsbuchhandlung
（大学書店）、Carl Winter Universitätsverlag（大学出版社）に
似ている。大学書林から出版されている言語の数は108に達
し（下宮『世界の言語と国のハンドブック』大学書林、
2001）、佐藤さんの弟の佐藤巨巨呂（こころ, 1942-）さんの
大学書林国際語学アカデミー（新宿の四谷、1988年創立）は
55言語（最盛時76言語）を扱っている。両方とも、黒字の
言語は1、2割ではないだろうか。

　その王者の例を、筆者の知る限り、三つだけあげる。一つ
は笠井鎮夫（しずお）著『スペイン語四週間』。東京外国語
大学教授だった笠井さん（1895-1989）が亡くなられたとき、
257版も売れた、と朝日新聞にあった。筆者の手元にある岡
澤秀虎著『露西亜語四週間』は昭和17年（1942）改定20版
5000部発行（定価2円50銭）と奥付にある。岡澤さん（1902-
1973）は早稲田大学教授で、初版出版時（1931）弱冠29歳
であった。当時、ロシア語は赤の言語として、日陰の存在で
あったにちがいないが、昭和16年（1941）3月第16版3000部、
同年6月第17版3000部、同年9月第18版3000部、同年11月
第19版3000部、と売れに売れている。このことを佐藤政人
さんに話したら、『中国語四週間』は、戦前、中国に渡る兵
隊がみなリュックサックに入れて出陣したので、毎年、何万
部も売れたそうだ。

『ロシア語四週間』巻末のツルゲーネフ散文詩「ユングフラウとフィンステラールホルンとの会話」は何度読んでも面白い。

「アルプスの山々に、二つの巨人が立っている。ユングフラウとフィンステラールホルンである。

ユングフラウ（4159メートル）がその隣人フィンステラールホルン（4275メートル）に言う。「何か新しいことはありませんか。下界には何がありますか」

「あなたは私より、よく見えるでしょう」

幾千年が過ぎる。一瞬間である。すると、フィンステラールホルンが雷のとどろくような声で答える。「密雲が大地を覆っている…まあ、待ちなさい！」

さらに幾千年、すなわち、一瞬間が過ぎる。

「さあ、今度は？」とユングフラウが問う。

「今度は見える。チッポケな虫どもが這いまわっている。あの二足動物さ」「虫どもは減ってきたようだ…」1878年2月

『労働者と白い手の男』対話（ツルゲーネフ1878年4月）

労働者：お前はおれたちの仲間じゃねえ。

白い手の男：いや、ぼくもきみたちの仲間だ！

労働者：なに、仲間だって！　おれの手を見てくれ。きたねえだろう。肥料のにおいやコールタールのにおいがするだろう。

白い手の男：ぼくの手をかいでみてくれ。

労働者：こりゃどうだ、鉄みてえなにおいがするが。

白い手の男：鉄のにおいがするはずさ。おれは6年間も手錠をはめられていたんだ。きみたちを圧制する奴らに反抗したんだ。すると、やつらはぼくを牢屋にぶち込みやがった。

大学書林の黄金時代 （続き）

　尾崎義『フィンランド語四週間』（1952）は、四週間叢書にはめずらしく、著者の略歴が載っている。尾崎さん（1903-1969）は1922年、外務省留学生としてストックホルムに留学、日本大使館に勤務するかたわら、ストックホルム大学でノルド語、フィンランド語を研究。外務省退職後、東海大学文学部に北欧語学科を創設（1968）、デンマーク語、スウェーデン語、ノルウェー語、フィンランド語四つの専攻科を作った。

　大学書林の『四週間叢書』は26言語、Teach Yourself叢書は44言語、Kunst der Polyglottie叢書（Wien & Leipzig）は最盛時1900年ごろで、200言語あった。

　『フィンランド語四週間』1952 も、『スウェーデン語四週間』1955 も、全体の語彙がなくて不便だったので、私の『ノルウェー語四週間』（1993）には詳しい語彙をつけた。ノルウェー語・日本語4612語（p.495-636, 発音、語源つき）。

　この語彙はMartin Lehnertの『古代英語入門』（ゲッシェン叢書、1955³）の「語源つき」に学んだ。ゲッシェン叢書からは、どれほど栄養をもらったか、はかりしれない。

　1962年に開始した矢崎源九郎先生（1921-1967）と森田貞雄先生（1929-2011）の『デンマーク語中辞典』は、1995年に森田貞雄監修、福井信子・家村睦夫・下宮忠雄共編で再スタートし、『現代デンマーク語辞典』（大学書林、2011）として完成。1508頁、デンマーク語・日本語47000語、付：日本語・デンマーク語6600語。各種付録。発音記号つきなので、従来のものにくらべ抜本的な優良辞典になった。

だいこん（大根）と大雨〔radish and heavy rain〕

　大根（おおね）という駅が新宿発小田急線にあった。いまは東海大学前と名前が変わっている。ダイコンは漢音だが、オオネは和音である。では、大雨は、なぜ「ダイウ」にならないんだろう。日本人は生まれたときからその習慣になれているが、初めて日本語を学ぶ外国人は戸惑うだろうなあ。

　と思って、例を拾ってみた。

「だい」：大小、大地、大仏、大事業、大洪水：重大、特大、莫大、巨大。

「たい」と読む：大金、大将、大抵、大会、大海、大軍。

「おお」：大雪、大男、大阪、大田（区）、大通り、大晦日（おおみそか）、大騒ぎ、大島、大筋、大威張、大潮、大太鼓、大海原、大空、大蔵大臣（オオクラ・ダイジン Minister of Finance）何かルールはあるか。

　人名：大野、大村、大宮、大島、大空（大空眞弓、女優）、大竹（大竹しのぶ、女優）、大津、大利根、大沼。

　地名：大原、大船渡、大間、大宮、大町（おおまち、長野と佐賀にある）、大森、大鰐。

　以上、人名と地名に共通のものが、かなりある。

　上海（シャンハイ：ゴーストタウン化した町に、2022年外出禁止令が解除になって、買い物客の大群がデパートに押し寄せる）シャンハイ Shanghai を地名語源辞典（A.Room, Place-names of the World, London 1997）で見ると、日本人ならだれでも分かることだが、shàng "on, above", hǎi "sea" とある。

たび（旅）の道連れ（The travelling-companion）

アンデルセン童話（1835）

　小さな部屋には病気のお父さんと息子のヨハネスがいました。テーブルの上のランプは消えかかっています。「ヨハネスや、お前はよい子だったね。神さまが、きっとお守りくださるよ」と言って、目を閉じてしまいました。ヨハネスはお母さんも兄弟もいません。親切だったお父さんを思って、泣きじゃくりましたが、疲れて眠ってしまいました。

　1週間後にお葬式があげられ、埋葬されました。次の朝、ヨハネスはお父さんが残してくれた50リグスダラー（50万円）を持って、旅に出ました。最初の夜は野原の干し草の上で寝ましたが、二日目の夕方、嵐になったので、丘の上の小さな教会の中で寝ました。真夜中に目を覚ますと、雨はやんでいて、お月さまが輝いていました。見ると、二人の男が、ひつぎの中の死体を引きずり出しているではありませんか。「なぜそんなことをするんですか」と尋ねると、「この男はひどいやつで、借金を支払わないまま死んでしまったのさ。だから、痛めつけてやるんだ」「ここに50リグスダラーあります。ぼくの全財産です。これを差し上げます」と言うと、男たちは、もと通りにして、立ち去りました。

　次の朝、森の中を歩いていると、後ろで呼ぶ声がします。「どこへ行くんだい？」「広い世界に」とヨハネスは答えました。青年は「ぼくも広い世界へ行くところだ。一緒に行かないか」。で、二人は一緒に歩きだしました。二人とも親切な心の持ち主でしたので、すぐに仲よくなりました。（次ページに続く）

旅の道連れは賢い（The travelling-companion is very wise）

　森の中で出会った道連れは、とても賢く、何でもよく知っていました。次の日、朝食をとろうとしているところに、一人のおばあさんがやって来て、二人の前でころんでしまいました。青年は、正確には、旅の道づれですが、リュックサックを開いて、膏薬（こうやく）を取り出して、おばあさんに塗ってやると、すぐに治って、また歩けるようになりました。

　山を越えて旅を続けると、大きな町に出ました。ここのお姫さまは、とても美しい方でしたから、大勢の王子が結婚を申し込みました。しかし、お姫さまのなぞが解けないと、殺されてしまうのです。お姫さまは、実は、魔女といううわさでした。ちょうどそのとき、お姫さまが12人の侍女と一緒に通りかかりました。ヨハネスは、お姫さまを見ると、すっかり好きになってしまいました。だって、それはそれは美しいんですから。「ぼくはお姫さまに求婚する」と言うと、みんながやめたほうがいいと言い、そして旅の道づれも、賛成しませんでした。

　しかし、翌日、ヨハネスは一人でお城に出かけました。王さまはヨハネスを出迎えて、「それはやめなさい」とおっしゃって、庭に案内しました。「ごらんなさい、これは娘に求婚して、なぞが解けないために、命を落とした王子たちの骸骨（がいこつ）なのですよ」。そのとき、お姫さまが侍女たちと一緒に入ってきて、ヨハネスにやさしく挨拶しました。そして、求婚に来たことを伝えると、「明日、もう一度、いらっしゃい」と、おっしゃいました。その、おしとやかな言い方は、ヨハネスの胸に、グッと来ました。（続く）

150

旅の道連れの課題 〔Johannes was asked〕

　次の朝、旅の道づれは、お姫さまと靴の夢を見たことをヨハネスに話しました。「だから、そう答えてごらん」と言いますので、答えはそれに決めました。お城では裁判官も待っていました。「お姫さまが何を考えているか」を言い当てるのが課題でした。お姫さまは、やさしく、ヨハネスを見つめました。それで、「靴」と言うと、お姫さまは、まっ青になりました。正解だったからです。今までに、どんな求婚者も答えられなかったからです。王さまもお城の人たちも大喜びでした。

　二日目に、旅の道づれは、「お姫さまの手袋の夢を見たよ」とヨハネスに話しました。そこで、お城で、そのように答えたのです。今度も合格です。あと一つです。

　その晩、旅の道づれが、真夜中に、お姫さまがお城から出かけるあとをついて行くと、お姫さまは魔物（トロル）のお城に飛んで行くではありませんか。お姫さまは、求婚者に二つともなぞを解かれてしまいました、明日の問題は、どうしたらよいでしょう、と魔物に尋ねますと、お姫さまに「わたしの顔を思い出しなさい」と助言しました。旅の道づれの姿はお姫さまにも魔物にも見えません。魔物がお姫さまをお城の寝室まで送り届けると、山に帰って行きました。その途中で、旅の道づれは魔物を切り殺して、その頭を持ち帰りました。頭をきれいに洗って、ハンカチに包みました。

　翌朝、旅の道づれは、ヨハネスに包みを渡して、お姫さまに尋ねられたら、この包みを開けなさい、と言いました。お城では、全員が待っていました。（続く）

旅の道連れがナゾ三問を解いた

（he solved all questions）

　ヨハネスはお城に着いて、お姫さまの前に坐りました。「私が何を考えていますか」とお姫さまが問うので、ヨハネスは包みを開けました。すると、恐ろしい魔物の首が出てきたので、お姫さまもヨハネスも、王さまも、びっくりしてしまいました。お姫さまは、まさか正解が出るとは思いませんでしたが、三つとも正解でしたので、観念しました。そして、「あなたと今晩結婚式をあげましょう」とおっしゃいました。

　しかし、お姫さまは、まだ魔女の心が残っていましたので、ヨハネスを好きになれませんでした。旅の道づれは三枚の羽と薬のビンを渡して、ベッドに入る前に、たらいの水の中に羽と薬を入れておいて、お姫さまを三度沈めなさい。そうすると、魔女の魂が消えて、きみのことが好きになるよ、と言いました。その通りにすると、お姫さまは一度目に沈められると、黒い鳥になり、二度目に沈められると、白くなりましたが、首のまわりに黒い環（わ）が残りました。そして、三度目に沈められると、お姫さまは心も身体もすっかり美しい姿になりました。

　次の朝、王さまと宮中の家来が全員、お祝いの言葉を述べるためにやって来ました。そして、最後に旅の道づれが来ました。ヨハネスが言いました。「私がこんなにしあわせになれたのも、みなあなたのおかげです。どうか、いつまでも、一緒にいてください」。しかし、旅の道づれは頭を振って、静かに言いました。「いやいや、私は、ただ、借金をお返ししただけですよ」と言いました。（続く）

152

旅の道連れの恩返し（he paid for Johannes）

「あなたは持っていたお金を全部あの男たちにやって、その死人をお墓の中で眠らせてくれたでしょう。その死人が私だったのです」と言うと、姿を消してしまいました。

　ヨハネスはお姫さまと結婚して、子供もたくさん生まれ、王さまは孫たちと遊んで、しあわせな余生を送りました。

　［デンマーク民話にもとづいている］

王さまは孫たちとお馬さんごっこ
（ride-a-cock-horse）をして遊びました。

だんせい（男性）語と女性語

（man's word and woman's word）

「ありがとう」をポルトガルやブラジルの人は、男性はob-ligado（オブリガード）と言い、女性はobligada（オブリガーダ）と言う。英語I am obliged（オブライジド）の意味で、過去分詞だからである。

日本語は、最近は、男女の区別なく、おはよう、おはようございます、と言うが、「おはやいではございませんか」と言うと女性っぽくなる。「おはやいことですこと」なら、女性である。「やに、はやいじゃないか」は男性である。

戦後（1945）、民主主義の時代となり、男性語と女性語は接近した。「なにしてんのさ」は男女共通だが、「なにしてやがるんだ」は男性、出がけにグズグズしている夫に向かって妻は「なにをなさっているんですか」と言う。「今日、映画に行こうよ」「今日、映画に行きませんか」は男女、どちらとも区別がつかない。

ロシア語はhe was happyとshe was happyが動詞と形容詞で男女を区別する。(he) wasがbyl（ブイル）、(she) wasがbylá（ブイラー）となり、happyも、男女で語尾がかわる。イワンは書いた（napisál ナピサール）、ナターシャは書いた（napisála ナピサーラ）、のように、主語が男性か女性かで、異なる。これは過去形が、歴史的には、過去分詞なので、このようになる。主語が複数の場合には、複数形になる。ポルトガル語の「ありがとう」と同じである。

チェンバレン（Basil Hall Chamberlain）

　チェンバレン（1850-1935）は英国人で、東京帝国大学で博言学と日本語学を教えた（1886-1890）。『日本事物誌』（Things Japanese, 1905）を書いて、外国人のための日本小百科事典の役割を果たした。日本の社会階級、宗教、種族、新聞、日本式英語、日本のヨーロッパ化、礼儀などを教えた。

　次は「君が代」の英訳である。

A thousand years of happy life be thine !

Live on, Our Lord, till what are pebbles now,

By age united, to great rocks shall grow,

Whose venerable sides the moss doth line.

ちょうふく山の山んば〔mountain witch〕

　これは秋田のお話です。山んば、は山の神につかえる女です。ある日、「ちょうふく山の山んばが、子供を産んだで、もちもってこおーッ。もってこねば、人も馬も食い殺すぞーッ」と叫び声が聞こえました。これを聞いた村人は、さあ大変、だれがもちを山んばのところへ運ぶんだ。村一番の元気もの、かも安とごんろくが持っていくことになりました。じゃが、やまんばの住んでいるところは、だれが知っとるんだ。そこで村一番のとしよりの杉山のばんばに道を尋ねることにしました。ばんばと二人の若者が、おもちをかついで山を登って行きますと、また声が響きました。「もちはまだかーッ」。すると、若者二人はビックリ仰天、さっさと山を下りて行ってしまいました。

　ばんばは、おもちが重くて、とても運べませんので、道の途中に置いたまま、テクテク山を登って行きました。やっと、山んばの小屋にたどり着くと、山んばが出て来て、おおご苦労じゃった。して、おもちは、と尋ねるので、わしゃ重くて運べんけい、道の途中さ、置いてある、と。そばにいる生まれたばかりの山んばの子供に、もちを持ってこい、と命令しました。

　子供はサーッと山を駆け下りて、持ち帰りました。そして、大きなナベでスープを作り、その中におもちを小さく切り、山んばと、この子供が、おいしい、おいしい、と言って食べました。山んばは、お礼にと言って、にしきの織物をくれました。ばんばは、村人たちに、その織物を分けてあげましたが、ふしぎなことに、この織物は、切っても切っても、減りません。それ以後、村人は、だれも風邪をひきませんでした。

とうきょう（東京）

　大きな都会は大きな孤独。ラテン語Magna cīvitās magna sōlitūdōはローマ時代からあり、さらにギリシアの時代にもあった。megálē pólis megálē erēmía.

　アテネも東京も大都会。都会の砂漠、大都会の人々は、みな忙しく、心はみなバラバラ。家路に向かうオフィス・レディ（OL）が頼れるのはペットのネコちゃんだけだ。

ここは東京、ネオン町
ここは東京、なみだ町
ここは東京、なにもかも
ここは東京、嘘の町

I'm here in Tokyo, a town of neons,
I'm here in Tokyo, a city of tears,
I'm here in Tokyo, where everything was
but vanity and, illusion for me.

作詞・石坂まさを（1941-2013）、作曲・猪俣公章（1938-1993）、歌・藤圭子（1951-2013）。英語は下宮、各行が5音節＋5音節になっている。挿絵は柳田千冬（学習院大学）。

ドーバーへの道〔The Road to Dover, 1850〕

　これは英国作家ディッケンズ（Charles Dickens, 1812
-1870）が10歳のときの伝記である。

　私は孤児になって、ロンドンのビン詰め工場で働いていた
が、仕事があまりつらいので、逃げ出して、ドーバーに住む
親せきのミス・ベッツィ Miss Betsey を頼って出発した。ロ
ンドン・ドーバー間は124キロ、汽車で2時間の距離だ。お
金がないので、4日間、歩いた。夜は野原で寝た。途中、ド
ロボーに会って、上衣やシャツを取られた。4日目、やっと、
おばさんに会えた。まあ、なんて格好でしょう。早速、オフ
ロに入れてもらった。さっぱりして、出ると、そのままグー
グー寝てしまった。

　同じマンションに住むディックさんが呼ばれて、三人で、
ひさしぶりに、ごちそうの食事をした。ディックさん、これ
からどうしたらいいかしら。そうだね、ゆっくり休ませてあ
げれば。私は、ひさしぶりに、ゆっくり、ベッドで寝ること
ができた。

私は、ひさしぶりに、ベッドで寝ることができた。

とくなが・やすもと（徳永康元）

　徳永康元先生（1912-2003）は東京外国語大学の言語学とハンガリー語の先生だった。先生は東大言語学科の出身で、ハンガリー語を専攻し、1939-1942年、ブダペストに留学した。モルナール『リリオム』（岩波文庫）の翻訳、『ブダペストの古本屋』（恒文社、1982）と『ブダペスト回想』（恒文社、1989）の著書があり、そこに戦前・戦後のハンガリー旅行、ヨーロッパの古本屋探訪が記されている。先生は音楽にもくわしく、バルトークの音楽の一章もある。ハンガリー語の唯一の教え子である岩崎悦子さん（1944-, 東京教育大学言語学科卒）によると、蔵書は3万冊、そのうち、ユーラシアやフィン・ウゴル（ハンガリー語はウゴル語派）関係の蔵書は5000冊だった。先生は毎年200本の映画を見て短評も書いた。

　私自身は、1965年、東京教育大学大学院時代、先生のウラル語学概論を受講し（6,7人だった）、出版されたばかりのGyula Décsy（ジュラ・デーチ）の『フィン・ウゴル言語学入門』（Otto Harrassowitz, 1965）を紹介されて、私は早速、注文した。著者Décsy（デーチ, 1925-2008）は、その後『ヨーロッパの言語的構造』（1973）を著し、私にとって、あこがれの学者になった。

　徳永先生からは青山学院大学言語学概論の非常勤（1978-2003）、日本大学三島分校国際関係学部の設立委員への推薦をいただき、言語学概論と比較言語学の授業を1979-1994の間おこなった。月曜日午前、早稲田大学商学部ドイツ語の授業2つのあと、午後一番の東海道新幹線で三島に向かった。

とっとりのふとん（鳥取の布団）ラフカディオ・ハーン

Bedclothes of Tottori（日本の面影、角川ソフィア文庫）

鳥取の町の小さな宿屋で起こった出来事。旅の商人が宿を
とった。宿屋の主人は心から客をもてなした。新しく開いた
宿屋だったから。客は料理をおいしくいただき、お酒も飲ん
だ。客は布団に入って寝ようとすると、どこからともなく、
子供の声が聞こえた。「あにさん、寒かろう」「おまえ、寒か
ろう」。客はだれか部屋を間違えて入ってきたのだろうと
思って、また布団に入ると、同じ声が聞こえた。「あにさん、
寒かろう」「おまえ寒かろう」と。客は起きて、行灯（あん
どん）に明かりをつけて、寝た。すると、また同じ声が聞こ
えた。客は気味が悪くなり、荷物をまとめて、宿屋の主人を
たたき起こして、ことの次第を話し、宿賃を払って、別の宿
屋を探す、と言って、出た。

次の日も、別の客が泊まったときに、同じことが起こった。
客は怒って、出て行ってしまった。

翌日、宿屋の主人は、この布団を購入した古道具屋を訪ね
て布団の持ち主を調べてもらった。その持ち主の家族は、貧
しく、小さな家に住んでいたが、その家賃は、ほんの60銭
だった。父親は月に2, 3円の稼ぎしかなく、ある冬の日、父
親が病に倒れ、母親も亡くなり、幼い兄弟は二人きりで残さ
れた。身寄りはだれもなく、二人は食べ物を買うために、家
の中にあるものを売り払っていった。家賃を払えなくなった
兄弟は、たった一枚残った布団にくるまっていたが、鬼のよ
うな家主に追い出された。二人は最後に残った布団にくるま
り、雪の中で抱き合ったまま、凍えて死んでしまった。

ながさき（長崎）オランダ村〔Nagasaki Holland Village〕

1983年に開園した。オランダそっくりの街並みで、ここは外国なのだ。パスポートをご覧ください。

私は、1991年10月6日（日）にオランダ村を訪問した。最盛時1990年には200万人の参加者があった。

その前日、長崎市活水女子大学で開催の日本サピア協会の学会に参加して、私は「ヨーロッパ諸語における変化の傾向（drift）」の発表を行った。主催は九州大学名誉教授林哲郎先生で、ヘンリー・スウィート協会を設立した。大阪外国語大学の林栄一先生も参加し

た。林栄一先生はイェルムスレウ Hjelmslev の Prolegomena to a theory of language（1953）の翻訳がある（研究社英語学ライブラリー 41, 1959）。オランダ村は、長い間、日本中のファンに親しまれたが、惜しくも、2001年に閉園した。

にほん（日本）アルプス登頂記 （Japanese Alps）英語版

Walter Weston：Mountaineering and exploration in the Japanese Alps. London, John Murray, 1896. xvi, 346pp. 日本山岳会創立70周年記念出版。復刻。日本の山岳名著。日本山岳会制作・発行：大修館書店1975. 著者（1861-1940）はアルパインクラブ会員、イギリスの登山家で、1888年、宣教師として来日、日本アルプスを踏破した。本書は『日本アルプスの登山と冒険』と題し、1年半にわたる日本中部の山岳地帯を散策した体験の記録である。高山植物の知識も豊富で、ギリシア語やラテン語が頻出し、著者の教養の高さがしのばれる。

　明日は長い旅が待ち構えているので、今夜は十分に睡眠をとらねば、と思っていたが、隣室で宴会が始まってしまった。

　日本で登山するとき、茶屋（tea-house）で一服すると、快適だ。槍ヶ岳（Spear Peak）は日本のマッターホルンだ。

　A railway journey of five-and-twenty miles on the Naoetsu line（p.13）直江津線の25マイルの旅の数字がtwenty-fiveでなくfive-and-twentyになっている。ドイツ語、オランダ語、デンマーク語は、いまでも five-and-twenty 式である。御岳（On-take）は日本のデルポイ（Delphoi, アポロの神殿）とある。

　land（着地する）は飛行機の場合に使うのかと思っていたら、汽車が駅に到着する場合にも使うようで、p.59にA train journey of 12 hours landed us at Kobe.（汽車で12時間ののち、われわれは神戸に着いた）とある。

にんぎょひめ（人魚姫）

The Little Mermaid（アンデルセンの童話：1837）

　海の底の深いところに人魚の王国がありました。そこに人魚の王さまと、おばあさまと、6人の人魚の娘が住んでいました。娘たちのお母さまはいません。沈没船で事故にあったのでしょうか。おばあさまは、お母さまの代わりに、孫の人魚姫たちの世話をしていました。娘は、みな、とても美しく、とりわけ、末の娘が美しい顔と美しい声をもっていました。娘は15歳、14歳、13歳、というように、一歳ずつの差がありました。人魚の娘は15歳になると、海の上に出ることが許されるのです。一番上の姉が海の上に出ると、そこで見たり、経験したりしたことを姉妹に語って聞かせました。地上には太陽が輝いているのよ、夜にはお月さまが出ているわ。風が吹いて、とても涼しいのよ、でも、人間の子供たちが石を投げるのよ。

　さて、いよいよ、一番下の人魚姫が15歳になり、海の上に出る許可がおりました。彼女が最初に見たのは、ちょうど15歳になったばかりの王子が船の上で誕生日を祝っている場面でした。王子は、なんと美しいのでしょう。彼女は、いつまでも目を離すことができません。人魚姫は王子に恋してしまったのです。姉たちが、どうしたの、と尋ねると、王子のことを白状してしまいました。海の魔女（seawitch：hexe）に人間に変えてもらうよう頼んでごらん、という助言を得ました。

　人魚姫は、海底の奥深くに、気味のわるいところに住んでいる魔女を訪れました。魔女が言いました。「恋をすると、バカになるんだね。人間に変身できる薬を作ってあげてもよ

いが、ひとたび、人間になると、二度と人魚には戻れないん
だよ。薬だって安くはないよ。私の血を使って作るんだから
ね。代金に人魚王国一の美しいおまえの声をもらうよ」「で
も、声が出なければ、王子さまとお話ができません」「なー
に、お前には美しい目があるじゃないか、物言う目がある
じゃないか。王子の心をつかむには、それで十分なのさ」。

　魔女が作った薬を飲むと、激しい痛みのために卒倒してし
まいました。しかし、気がつくと、王子の住んでいるお城の
近くの海岸に倒れていました。見ると、美しい脚が二本、生
えているではありませんか。すると、散歩に出ようとしていた
王子が人魚姫を発見して、「どこから来たの、名前はなんて
いうの」と尋ねましたが、声が出ません。王子は「海から来
たのだから、人魚姫と呼ぶことにするよ」と言いました。王
子は裸の彼女に自分のマントを着せて、お城に連れて帰り、
お姫さまにふさわしい衣装を着せてあげました。彼女の滑る
ような、舞うようなダンスはお城じゅうの拍手喝采を浴びま
した。彼女は毎日王子のそばで暮らせるので、とてもしあわ
せでした。

　ところが、王子は隣国のお姫さまとお見合いをすることに
なりました。王子が言いました。「もし結婚しなければなら
ないなら、ぼくは、きみと結婚するよ、口のきけない拾いっ
子よ（dumb foundling：日本語は捨て子というが、外国では
拾いっ子というのです）」と王子が言ったとき、人魚姫はど
んなに嬉しかったでしょう。[1980年の東映ビデオでは隣国
の王女の隣国はフィンランドとなっており、人魚姫の名はマ
リーナとなっている。Marinaは海の娘の意味で、ラテン語
mare（海）に女性の接尾辞-inaがついたもので、ballerina,

164

Christinaと同じ語尾が見られる]

　お見合いの相手は見覚えのある顔でした。それもそのはず、王子が15歳の誕生日を祝ったあと、船は嵐のために、沈没し、海に投げ出されたのです。その王子を人魚姫は腕に抱いて、明け方まで泳いで海岸にたどり着き、介抱したのです。すると、近くの教会から女の人が何人か出て来て、「あら、こんなところに倒れているわ」と言いながら、王子を連れて行ってしまいました。人魚姫は、このときは、まだ、人魚の姿でしたので、岩陰に隠れて、様子を見ていました。王子は勘違いをしていたのです。人魚姫の心をよそに、王子は「いままで夢に描いていた人に出会えた」と喜んで、その日のうちに結婚式があげられました。そして、船の上で盛大な祝宴が催されました。

　人魚姫は心の中で叫びました。「王子を見るのも、こよい一夜かぎりです。王子のために、姫は家族を捨て、ふるさとを捨て、美しい声までも捨てて、毎日、かぎりない苦しみを忍んできたのです。でも、王子は、このことを知りません」（大畑末吉訳、岩波文庫）英 She knew this was the last evening she would ever see him for whom she had forsaken her kindred and home, given up her lovely voice, and daily suffered unending torment—and he had no idea of it. デ Hun vidste, det var den sidste Aften, hun saae ham, for hvem hun havde forladt sin Slægt og sit Hjem, givet sin deilige Stemme og daglig lidt uendelig Qvaler, uden at han havde Tanke derom.

　15歳ではじめて歩行の足を得たので、地上を歩くのは、針の上を歩くように痛かったのです。祝宴が終わり、人魚姫が船べりで両足のほてりを冷やしていると、海から聞き覚え

のある声がします。甲板から見下ろすと、5人のお姉さんたちが叫んでいます。「人魚姫！　このナイフを受け取って！わたしたちは魔女にお願いして、もらってきたの。そのかわり、わたしたちは髪の毛を切られたわ。このナイフで王子の心臓を刺して、その血を浴びれば、人魚の脚が得られるのよ。急いで！　もうじき太陽が昇るわよ。」人魚姫は王子と花嫁が眠る寝室に降りて行きましたが、愛する王子を、どうして殺すことが出来るでしょう。人魚姫は船の甲板に出ました。海で生まれ、海から来たのだから、海に帰ろう、と、ナイフを海中に捨て、自分の身を海中に投げました。彼女は空気の娘たち（daughters of the air, デLuftens Døttre）に抱かれて、天国に昇って行きました。[døttre は、いまは døtre と書く]

　[人魚の王、人魚族、人魚姫がL.W.Kingslandの英訳では merking, merfolk, merprinsesses となっている。これらの単語は Oxford English Dictionary, 1989, 全20巻、に載っていない。古代ヨーロッパ共通の mer-「海」は英語 mermaid, merman, 地名 Windermere に見られ、ラテン語 mare, ロシア語 more モーリェ、と同じ語源である。merking, merfolk, merprincesses は英訳者L.W. Kingsland（The Oxford World's Classsics）の造語である]

Music and Song resounded from the deck

人魚姫が15歳になって、初めて人間の世界で見たもの
は、船の上で15歳の誕生日を祝っている美しい王子さ
まだった。絵の下に Music and Song resounded from the
deck. 音楽と歌がデッキから響いていた、とある。

人間の条件（Les conditions humaines）

人間は社会的生き物だ。

家族、先生、友人。

何人もの人に支えられてきた。

18歳まで生活と教育が保証されているか。

それ以後は自分で開拓せねばならない。

戦後のハンガー時代を生き抜いたか。

社会と調和できたか。

20代、30代、40代、50代、荒波を越えることができたか。

60代まで社会にお返しできたか。

それからは社会からお返しをいただく。

70代、安楽に暮らせるか。

80代、生きがいを見いだせたか。

人生100年というが、まだ距離がある（筆者88歳）。

ウクライナを思うとき、

平穏の中で生きられるとは

なんとしあわせなことか。

（文芸所沢）

付：支配者の条件（les conditions dominatrices）

1. 国民の支持

2. 食料の確保

3. 産業の育成

4. 自分の欲を出さない

5. 外国との交渉上手

　（不合格はプーチン、ミャンマー将軍、タリバーン）

ネスフィールドの英文法 (J.C.Nesfield, Outline of English Grammar, London, 1957, 239pp.)

英文法というと、オックスフォードのヘンリー・スウィート Henry Sweet やコペンハーゲン大学のオットー・イェスペルセン Otto Jespersen が有名だが、Macmillan から出ているネスフィールド（1836-1919）の英文法も評判だ。初版は1900年で毎年出版され、1903, 1905, 1908年は2回リプリントされ1918年には3回リプリントされている。

本書は5章からなり、1. 品詞、2. 動詞、3. parsing（品詞の分析：parse は part からきて、単語をどの品詞に割り当てるかの意味）と syntax（統辞法）、4. 単文から複文へ、5. 語源（etymology）となっている。

語源の章では、接尾辞 -ar, -en, -er, -ish などを扱い、-er にはゲルマン系（Teutonic と言っている）の rider や robber とロマンス語系（Romance と言わず Romanic と言っている）archer, render があり、-y にはゲルマン系（dadd-y 指小辞、might-y 形容詞）、ロマンス系（jur-y, famil-y, stud-y）、ギリシア語（en-erg-y）がある。

far, farther, farthest の比較級・最上級の -th- はどこから生じたか。古い fore（前方へ）、fur-ther, fur-thest から類推で「遠い」の形容詞にも用いられるようになった。

練習問題が多く、教員試験問題からのもある。例：次の文の動詞とその目的語を指摘しなさい（p.94）。He lived a life of industry, and died the death of the righteous. 彼は勤勉な生活を送り正義者の死に方をした。

ノラルダ（Noralda, 妖精の名）

　スカンジナビア半島の北にラップランド地方（Lappland）があり、ラップ人の国、という意味です。ノルウェー、スウェーデン、フィンランドの三つの国にまたがっています。

　ラップランドにノラルダという8歳の少女がいました。

　むかしむかし、アダムとイブに大勢の子供がいました。神さまがお見えになる、というので、イブは子供を洗い始めましたが、あまり大勢でしたので、よごれたままの子供は隠しておきました。神さまは思っていたより少なかったので、これで全部か、とイブに尋ねました。はい、全部です。しかし神さまは、そのウソを見抜いていましたので、よろしい、私の前に姿をあらわさなかった子供は妖精（fairies, govetter, halderなど種々の名称あり）となって、人間を見ることも、人間からも見えない生き物となって、放浪するがよい、と言いました。

　ノラルダは、ある日ふしぎなツボ（jar）を見つけました。フタを開けてみると、香りのよい、白いクリームが入っていました。ちょうどそのとき、蚊（かmosquito）が一匹、香りにつられてブーンと飛んできて、クリームのしずくがノラルダの目にふりかかりました。目をこすると、目の前に、いままでに見たこともない風景が広がっていました。こうして、ノラルダは、人間の視力を獲得したのです。

　2年後、弟が生まれました。3か月の赤ちゃんが、テントの中で寝ていると、人間の二人の女性が、赤ちゃんを持ち去ろうとしました。ノラルダは急いで追いかけました。妖精は人間よりもずっと足が早く、赤ちゃんを取り戻すことができました。

ハイジの村（日本）（Heidi's village）

　山梨県韮崎（にらさき）にハイジの村がある。中央線で、新宿駅から特急で1時間40分、韮崎駅で下車して、バスで20分のところにある。スイスのマイエンフェルトを模倣したバラ園で、3000種のバラが咲いている。マイエンフェルト駅発のオモチャのような機関車3両が園内を走っている。

　ハイジとおじいさんが暮らした山小屋（Heidialp）もある。その1階は、おじいさんのチーズ作りの部屋で、ハイジがおじいさんと食事をしたところである。2階には、ハイジが寝たワラのベッドもある。ハイジが毎朝、「小鳥さん、おはよう」と言った窓もある。ここでフランクフルトのクララは車椅子生活から健康を回復して歩けるようになった。ハイジの村の入り口に、ホテル「クララの館」があり、宿泊と温泉がある。

マイエンフェルトのハイジの山小屋（Heidialp）。標高1111メートル。背後にモミの木が3本立っている。

ハコネスク（Hakonesque）

　1990年ごろ、新宿駅から小田原駅まで走っていた小田急線の壁に載っていた広告で、「箱根風に」の意味である。-esqueの例：picturesque絵のような、Arabesqueアラベスク（バレー、唐草模様の）、Romanesqueロマネスク建築様式。

　その広告に「好きです」と言えずに「おいしいね」とつぶやいたワインで懐石料理（tea-ceremony dishes）があった。

　このころ、岩手大学の比較言語学集中講義や、東京家政大学の言語学概論でスペイン語入門を教えていた。

　教科書は熊谷明子『初級スペイン語』（駿河台出版社、1977, 720円、1982, 5版1100円、1993, 11刷1200円）であった。この本は85頁で、語彙があり、これは初学者にも、学生にも、この上なく親切だ。Pの項目が全部抜けていたので、その43語を著者に連絡した（1993）。

　上記の「好きです、と言えずに、おいしいね、とつぶやいたワインで懐石料理」をスペイン語に訳すと No pudiendo decir "te quiero", dije en voz baja, comiendo platos de fiesta con vino.〔注〕no 'not'；pudiendo 'poder'（できる）の現在分詞；decir「言う to say」；te quiero（テ・キエロ）'I love you'；dije（ディーヘ）'I said'；en voz baja（エン・ボス・バハ）低い声で；comiendo（コミエンド）食べながら（comerコメール、食べる、の現在分詞）；platos「皿」；fiesta（フィエスタ）お祭り；platos de fiesta懐石料理；con vino（コン・ビーノ）ワインと。

はだかの王さま　（アンデルセン童話、1837）

　原題は王様の新しい服（The Emperor's new clothes）です。むかし、新しい服が好きな王さまがいました。1時間に1回は着替えをするのです。普通の王さまは会議で忙しいのですが、この王さまは着替えで忙しいのです。

　ある日、二人の男がこの町にやって来ました。「わたしたちは、世界一の洋服屋です。ふしぎな洋服で、心のわるい人や、役目にふさわしくない人には、見えないのです」。王さまは、このうわさを聞いて、早速、洋服屋を呼び寄せて、そのめずらしい洋服を注文しました。しばらくして、大臣に仕事の進み具合を見に行かせました。大臣が仕事場に行くと、機織り機が「トンカラリ、トンカラリ」と鳴っていますが、布が全然見えません。これは大変だ、自分は大臣にふさわしくないのか。そこで大臣は「美しい布ですね」とごまかして、お城に帰り王さまに報告しました。男たちは完成した衣装を王さまに持参しました。

　ところが、王さまにも、やはり、何も見えません。これは困った。自分は王さまにふさわしくないのかな。それで、ごまかして、「うん、見事な衣装だ」と言いました。お城の人は、みな、美しい、とほめました。ちょうどその日はお祭りでしたので、ペテン師の洋服屋は、新しい衣装を、さも本物の衣装のように、王さまに着せました。そして王さまは町を歩きました。本当は、王さまは、パンツ一つで歩いていたのです。そのとき、小さな子供が叫びました。「あれ、王さまは、はだかだよ、パンツだけだよ！」。しかし王さまは威風堂々と歩き続けました。

　［はだかと叫んだ少年はアンデルセン自身だと伝えられる］

はなことば（花言葉）

（language of flowers, Blumensymbolik, langage des fleurs）サクラ（cherry blossom）は精神の美をあらわし、日本人の品格をあらわす。花言葉はギリシア時代からあり、myrtle（ツルニチニチソウ）はビーナス（Venus）の神花とされたので、その花言葉は「愛」（love）となった。アダムとイブの神話からリンゴ（apple）は誘惑（temptation）を意味する。例を少しあげる。以下は高瀬省三の「花ことば」による（福原麟太郎編『新スクール英和辞典』研究社, 1966, p.1826-1829；この辞書は数百万部売れた）。

1. acacia アカシア：友情 friendship, 精神的な愛
2. anemone アネモネ：病気 sickness, 期待。
3. apple リンゴ：誘惑 temptation
4. cherry-blossom サクラの花：精神的な愛
5. gentian リンドウ：あなたが悲しいとき私はあなたを愛しますI love you best when you are sad. 英語 gentian はイリュリア（バルカン半島）の王 Genthios（紀元前 170）より。
6. heath ヒース：孤独 solitud
7. laurel 月桂樹：栄光 glory
8. lily of the valley スズラン（1999 NHK 朝のドラマ）：幸福の再来 return of happiness
9. narcissus スイセン：エゴイズム（ギリシア神話の美少年；ナルキッソスは慕い寄るニンフたちには目もくれず、水に映った自分を見つめたまま水仙スイセンになってしまった）
10. rose, red 赤いバラ：愛 love

はな（花）の中三トリオ

　1973年、オーディション番組「スター誕生」で歌謡界にデビューした中学3年生の森昌子、桜田淳子、山口百恵。スター誕生のプロデューサー池田文雄が「花の中三トリオ」と命名して売り出した。それ以前、美空ひばり、江利チエミ、雪村いづみの「三人娘」があった。森昌子以下の三人は、高校卒業の1977年3月にトリオ解散になった。

　安倍晋三（1954-2022）が奈良市で選挙演説中、銃撃され亡くなった。犯人（41歳）は安倍さんが旧統一教会と関係しているから、がその理由だそうだが、それは、ほとんど、関係がない。それよりも、自分の母親が、教会に多額の寄付をしたために、生活が苦しくなった、というのだから、母親に直接、「もう、やめろよ」と言うか、送金できないように銀行と相談すればよいのに、無関係の重要人物を殺すとは、なんという、いいがかりだろう。

　安倍さんの急死が世界に伝えられた。アメリカではめずらしくないが、銃の規制がやかましい日本では、めずらしい、とアメリカ人が言った。インドのモディ首相は、長年の友人の悲劇的な死を聞いて、翌日2022年7月9日をインド全土の休日にした。統一教会が話題になり、その合同結婚式に、花の中三トリオといわれた桜田淳子が、以前に、出席したことから、ひさしぶりに話題に取り上げられた。しかし桜田は、それとは無関係に、結婚して3人の母となり、しあわせな生活を送っている。

パラダイスの園 （その）The Garden of Paradise.

アンデルセン童話（1839）。ある国の王子が、たくさん本を持っていました。王子は勤勉で、本には挿絵も入っていたので、楽しく読んでいました。王子はこの世の中の出来事をよく知っていました。ただ、パラダイスの園がどこにあるのかは、どこにも書いてありません。17歳になったとき、王子は、いつものように、一人で森の中に散歩に出かけました。夕方になって、雨が降り出しました。びしょ濡れになって歩いていると、大きな洞穴（ほらあな）に出ました。そこでは一人の老婆がシカ（deer）の肉を焼いていました。「火にあたって、着物を乾かしなさい」と老女が言いました。この老女は四人の息子の母親だったのです。

息子は四方に吹く風でした。まもなく北風が帰って来て、スピッツベルゲンの様子を語りました。次に西風が、アメリカの原始林からマホガニーの棒を持ち帰りました。次に南風が、さむい、さむい、と言いながら帰って来て、アフリカのホッテントット人と一緒にライオン狩りをしたことを語りました。

最後に東風が帰って来ました。「ぼくは中国へ行って来ました。あそこの役人は第一級から第九級までありましたが、みんな鞭（むち）で打たれていましたよ」と言いながら、おみやげのお茶を出しました。「お前はパラダイスの園に行っていると思っていたよ」と母親が言いました。王子が「パラダイスの園を知っているんですか」と東風に尋ねると、「知っているとも、明日、そこへ行くんだ。行きたいなら、連れて行ってあげるよ」と言いました。（続きは次のページ）

パラダイスの園でキッス （kiss in the Paradise）

　王子は、夢がかなう、とばかり、喜びました。アダムとイブがパラダイスから追放されると、パラダイスの園は地の底に沈んでしまったのです。しかし、暖かい日の光と、空気と景色は昔のままなのです。そこにパラダイスの妖精（仙女）が住んでいます。翌朝、王子が目をさますと、もう東風の背中に乗っていました。トルコやヒマラヤを飛び越えると、パラダイスの園への入り口に着きました。その洞穴は広い場所や四つん這いになって進むような狭いところもありました。川に出ると、大理石の橋がかかっていました。仙女が二人を迎えました。パラダイスの園にはアダムとイブの姿や、ヘビのからみついている知恵の木もありました。

　パラダイスの園を案内したあと、東風が王子に尋ねました。「きみはここにとどまるかい？」「とどまります」「じゃあ百年後にまたここで会おうね」と言って、東風は帰って行きました。美しい仙女は王子をやさしく手招きして、さらに奥へ案内しました。でも、私に決してキッスをしてはいけませんよ、と注意しました。かぐわしい香りと美しいハープの音が聞こえました。見ると、ベッドで仙女が涙を流しているではありませんか。王子は思わず仙女にキッスをしてしまいました。すると、突然、すさまじい雷がとどろいて、あらゆるものがくずれ落ち、仙女もパラダイスも真っ暗闇の中に沈んでゆきました。

　王子は長い間、死んだように横たわっていました。冷たい雨に王子は目をさましました。「ああ、なんということをしてしまったんだ。ぼくはアダムのように罪を犯してしまった」。

はんたい（反対）語（antonym）

　日本に来たアメリカの芸人パトリック・ハーラン Patrick Harlan（1970-）はハーバード大学卒のエリート。日本に来て福井県に住み始めた。そこで出会った日本語にたまげた。「なんで？　それおかしくない？」と思うことが多い。「美しい」「つらい」の反対語は「美しくない」「つらくない」と、「くない」をつければいいのに、「きれい」の反対語は「きれいくない」じゃないのは、なぜ？「つまらない」の反対は「つまる」ではだめなの？

「おいしい」→「おいしくない」

「まずい」→「まずくない」

「おもしろい」→「おもしろくない」

「あなかがすいた」→「おなかがすいてない」

「はらへった」→「はらへっていない」

「おなかがいっぱい」→「おなかがいっぱいじゃない」

　何かルールがありますか。

　I'm coming. 行きますよ。

　I'm not coming. 行かないよ。

　I have money. お金はあります。

　I have no money. お金はありません。

　He has a nice house. 彼はすてきな家を持っている。

　He does not have a nice house. すてきな家を持っていない。

「する」→「しない」（do → do not）

「ある」→「ない」（have → have not, have no）

「死ぬ」「死なない」と「死ぬ」「生きる」（否定と反意語）

ひとつめ（一つ目）、二つ目、三つ目 （グリム童話130）

（One-eye, Two-eyes and Three-eyes）

　三人姉妹がいました。一人は目が一つしかなく、一人は目が二つ、一人は目が三つもありました（三番目の目はひたいにありました）。お母さんの目はいくつか分かりません。一つ目と三つ目は二つ目に意地悪ばかりして、食事も十分に与えません。みんなの残り物しか食べさせてもらえません。

　二つ目はヤギ飼いが仕事なのですが、ある日、親切な婦人がいいことを教えてくれました。ヤギさん、食事を出して、と言うと、出来立ての、おいしい食事が出てきて、ごちそうさま、と言うと、きれいに片付くのです。いつもは家に帰ると夕食の残り物を食べるのですが、最近は食べないのです。不思議に思った一つ目が、ある日、朝食のあと、二つ目のあとをつけて牧場へ来ましたが、疲れて、眠ってしまいました。翌日、三つ目が、あとをつけて、牧場へ来ました。やはり疲れましたが、三番目の目があいていました。現場を見てしまった彼女は、一つ目と一緒に、そのヤギを殺してしまいました。

　翌日、二つ目が牧場で泣いていますと、あの親切な婦人が、また現れて、言いました。ヤギの腸（はらわた intestines）を庭に植えてごらんなさい。家に帰って、植えると、美しい木が生えました。そして、黄金のリンゴが実っているではありませんか。一つ目が、木に登って、リンゴを取ろうとすると、木がしなって、取れません。三つ目も試みましたが、やはり取れません。

　そこに、立派な騎士がやってきて、何をしているんですか、とたずねました。二つ目が木に登ると、リンゴを取ることが

できました。そして、騎士にリンゴを与えました。騎士は感謝して、何をお礼にさしあげましょうか、と言うと、私をお城に連れて行ってください、と言うのです。二つ目は、美しい少女でしたので、お城に連れて行きました。そして、結婚しました。すると、リンゴの木も、いつの間にか、お城に来ていました。

　何年かあとに、二人の女性がお城にやってきて、食べ物をください、と言うのです。見ると、一つ目と三つ目ではありませんか。むかしのいじわるを許してください、と言うのです。二つ目は、かわいそうに思って二人をお城にいれて、お城の片隅に、むかしのように、住まわせてあげました。

騎士は、二つ目の娘を馬に乗せて、お城に向かいました。

びょうき（病気）

病気の段階：未病（病気予備軍）、病気、重病

Degrees of illness：un-ill（not yet ill）, ill, seriously ill

未病：太りすぎ、運動なし、マンネリ生活

病気の和語：からだがよくないこと。

からだの病気：頭痛、脳出血、そばかす、しみ、脱毛症、目の病気、近視、遠視、老視、インフルエンザ（influenza, イタリア語で、病原菌が「流れflu-こむin-」の意味）、狭心症（angina pectoris）、ガン（cancer；cancer カンケル、ラテン語で「蟹、カニ」の意味：ドイツ語の「ガン」Krebs クレプス、も「カニ」の意味）

こころの病気：不安、ストレス、不眠症、アルコール依存症、ギャンブル依存症、パーソナリティ障害（人格障害）、摂食障害（食欲不振）、うつ病

生活習慣病：不適切な生活習慣から起こる。ガン（の一部）、メタボリックシンドローム（体内で消費されずに、あまった脂肪分からおこる：これは適切な運動により回避される）。日本でメタボリックシンドロームの予備軍は2000万人。40歳以上の男性は2人に1人、女性は5人に1人がメタボリックシンドローム。肥満型で、高血圧、高血糖の人は、要注意。

生活習慣を見なおし、バランスのよい食事、運動、勉強、休養のライフスタイルを工夫する。主食、野菜、果物、牛乳、乳製品。炭水化物（コメ、パン、麺類、イモ）、タンパク質（肉、魚、タマゴ、マメ）、脂肪（バター、マヨネーズ）など。

プーチン （Vladimir Putin, 1952-） 悪の化身

ロシアとウクライナは1991年までは兄弟だった。1991年にソ連が崩壊し、15の共和国に分かれた。それぞれが、自分の好きなように生きて行けるようになった。ところが、プーチンは2022年2月24日、突然、ウクライナを襲った。名目はウクライナのネオナチをやっつけて、ウクライナを救うというのだ。ウクライナにネオナチはいない。1986年、モスクワに代わって、チェルノブイリの被害を受けた。これ以上、何をウクライナに求める必要があるのか。ゴルバチョフの時代に東西の平和が築かれたのに、プーチンが、あのような残虐な行為を始めた。一刻も早く、自分の非を認め、ウクライナをぶっこわした全土をモスクワの費用で、2022年2月24日以前の状態に戻せよな。それが完成したら、いさぎよく、大統領をやめろよな。そしてナワリヌイを解放しろよな。2036年まで大統領を続けられるという自分だけの法律を作りやがって。

ラブロフ外務大臣はエリツィン時代からのフルダヌキだが、そいつも調子にのってプーチンにくっついている。ニューヨークの国連会議場で、議長が、これからロシアの非難を行います。聞きたくなかったら退場して結構です、と言ったら、ロシアの国連代表は、退場してしまった。

先日、詩人の谷川俊太郎が90歳を迎えたとき、NHKのインタビューに応じた。「ウクライナをどう思うか」という質問に対して「わからない」と答えた。ウクライナは、毎日、毎時間、テレビやラジオで放送しているのに。谷川俊太郎はボンクラか、詩人は別世界の人間か、と思った。

ふしぎな胡弓（strange fiddle）ベトナム民話。

　二人の友だちが「にいさん」「おとうと」と呼び合って、仲よくくらしていました。ある日、大きな鳥が人間らしい獲物をつかんで、空を飛んでいます。鳥は、洞穴に獲物を隠すと、空に飛んでいってしまいました。二人は洞穴に駆け寄って、中をのぞきこみました。兄さん、このつなを持っていてよ。弟は、つなを伝わって下に降りました。すると、お姫さまが、気を失って倒れていました。水を飲ませてお姫さまを生き返らせ、つなのところまで運んで、合図すると、兄がつなを引き揚げて、お姫さまを発見すると、弟を、そのまま見捨てて、お姫さまをお城に運びました。兄はお姫さまの発見者として、お城の大臣に雇われました。洞穴に取り残された弟は、洞穴をどこまでも進んで行くと、水の国の王子に出会いました。水の国の王さまは、弟を歓迎して、胡弓というバイオリンのような楽器をくれました。弟は、胡弓をかなでながら、都に旅しました。

　胡弓は、都のすみずみまで鳴り響き、人々の心をなぐさめました。お城の大臣になった兄は、とっくに死んだと思っていた弟が生きていたのでビックリ！　そこで、あの胡弓ひきは、敵のスパイです、と王さまに進言しました。胡弓の音楽は、お城に住んでいたお姫さまにもとどきました。そとを見ると、助けてくれた、あの少年ではありませんか。お姫さまは、王さまに、あの方がわたくしを助けてくれたのです、と伝えました。王さまは少年に感謝して、お姫さまと結婚させ、王位をゆずりました。若い王さまは、お姫さまと一緒に、平和な国を作り、国民に愛されました。［裏切った兄は罰せられなかったのか］

ふゆ（冬）の贈り物（島崎藤村「ふるさと」1920）

　私が村の小学校に通っていたころ、冬の寒い日でしたが、途中で、知らないおばあさんに出会いました。「生徒さん、こんにちは。今日も学校ですか」「はい。あなたは、だれですか」「私は冬（ふゆ）という者ですよ」と言って、青々（あおあお）とした蕗（ふき）の薹（とう）をいっぱいくれました。

　　蕗の薹（北原白秋、赤い鳥、1925）［英語は下宮］
　　蕗のこどものふきのとう。　A butterbur sprout,（5音節）
　　子が出ろ、子が出ろ、　　　child of butterbur！（5）
　　ふきが出ろ。　　　　　　　Come out, lovely sprout.（5）
　　となりの雪もとけました。　Their snow has melted,（5）
　　おうちの雪もかがやいた。　Our snow is shining.（5）

　島崎藤村（1872-1943）は長野県の木曽街道の馬籠（まごめ）村に、四男、三女の末の子供として生まれた。9歳のとき、勉学のために東京へ出た。「ふるさと」は雀のおやど、水の話（水の不便なところに住んでいた）、雪は踊りつつある、ふるさとの言葉、青い柿、冬の贈り物、など70話からなっている。「太郎よ、次郎よ、末子よ、お前たちに、父さんの子供のころのお話をしますよ。人はいくつになっても、子供のときに食べたものの味を忘れないように、自分の生まれた土地も忘れないものです。」故郷の馬籠村は、いまは岐阜県になっていて、中央線新宿駅から特急で塩尻駅まで行き、名古屋方面行きの特急に乗り換え、中津川駅下車、馬籠行きバスで20分。（2021）

フランス語の明晰（clarté de français）

　明晰でないものはフランス語ではない、とフランスの作家リヴァロール（Antoine Rivarol, 1753-1801）が言った。デンマークの言語学者ヴィゴ・ブロンダル Viggo Brøndal（1887-1942, brøn 泉, dal 谷）Le français, langue abstraite（1936 フランス語、抽象的言語）からの引用である。Ce qui n'est pas clair n'est pas français. その理由は 1. 分析的語形；2. 複合語は数個の語で表現される（ドイツ語の逆）chemin de fer 鉄道；エ railway, ド Eisenbahn；3. 派生語は迂言的（periphrastic）に表現される：thoughtlessly = sans y penser, ド gedankenlos；4. 助辞 mots-outils の発達がいちじるしく、代動詞 faire（'to do'）は他のすべての動詞に代わることができる voyager=faire un voyage. しかし、英語も make a trip、ドイツ語 eine Reise machen, スペイン語 hacer un viaje, ラテン語 iter facio と言う。フランス語が明晰なのではなく、フランス精神が明晰なのだ。言語の問題ではなく、言語外的 aussersprachlich 思想的問題である。denkliche, persönliche Denkart.

　ブロンダルは 20 世紀前半に欧米に鳴り響いたルイ・イェルムスレウ（Louis Hjelmslev, 1899-1965）と並んで、デンマークの、コペンハーゲン学派の主要なメンバーであった。Hjelmslev は従来の言語学（linguistics）と区別するために glossematics（ギリシア語 glôssa「言語」より）と呼んだ。

　（下宮『言語学I』研究社、1998, p.46-47）

フリーズ（Freeze！）

　1992年10月、アメリカ、ルイジアナでの出来事。ハロウィーンのとき、少年、少女たちは、家庭をまわって、チョコレートやお菓子をもらうのが、ならわしだ。日本からの留学生も、そうしているとき、アメリカ人の家庭で、家主が、フリーズ！（動くな！）と言った。それを日本人はプリーズと聞き違えた。で、どうぞ、と言われたので、そのまま進むと、ズドーンとピストルを撃ちやがった。そして、死んでしまった。ストップ！と言ったら、わかったのに。フリーズなんて、脱獄囚でもあるまいし。バカなアメリカ人め。

　2022年7月8日、安倍晋三もと首相が、7月10日の選挙応援のために、奈良市で選挙演説に訪れたとき、日本人（41歳）が、さしたる理由もなしに、ズドーンと一発やった。そして、その日の夕刻、安倍さんは亡くなった（出血死）。アメリカ人が、それを見て、アメリカではめずらしくないが、ピストル所持の規制がやかましい日本で、こんなことが起こるとは、めずらしい、と言った。安倍さんのときは、インドのモディ首相が、長い間の友人を失った、とて、その翌日、2022年7月9日を、喪の日として、インド全土を休日にした。

ブルー・トレーン（Blue train）

　はフランスにもあります。ブルー・トレーンは13回停まります Le train bleu s'arrête treize fois（パリ、アシェット Hachette, 1976, 45頁）。モナコ、ニース、マルセーユ、アビニョン、リヨン、ディジョンを通ってパリが終点です。駅は11個です。この本は、なぜか、発駅のモナコではなく、途中のツーロン（Toulon, マルセーユの一つ手前）から始まっています。「ツーロン、ツーロン、停車時間は10分」と駅長がメガホンで叫んでいます。いま時間は6:00。発車は7:10です。乗客たちは降りて、親せきや友人に電話します。そのあと、駅のコーヒー店に入ります。

　アビニョン（Avignon）はローヌ川（Le Rhône＜ラテン語 Rhodanum）にかかる橋「アビニョンの橋で」の童謡で知られる。Avignonの語源はab「水」、-onは「大きい」。

　サン・ベネゼ橋（Pont Saint-Bénézet）は「橋の上で輪になって踊ろう」と歌われている。

アビニョンの橋（Pont Avignon）

ぶんぽう（文法）の変化 change in grammar

　日本語は「鳥啼く」のように、主語の助詞はつけなかったが、いまは「鳥が啼く」のように主語の「が」や「は」をつけるようになった。（矢崎源九郎『シリーズ、私の講義』大門出版、1967, p.87）この「啼く」もむずかしい漢字なので、いまは「鳴く」を使う。

　英語 beautifully（美しく）は beautiful（美しい）に -ly がついたものだが、この -ly は、もと like と同じ単語で「…に似た、…の方法で」の意味だった。hardly は hard（固い）から「ほとんど…ない」の意味になった。he works hard（彼は一生懸命働く）が he hardly works（彼はほとんど働かない）になる。単語が文法的要素になるのは、ラテン語 librā mente（リブラー・メンテ）「自由な心をもって」がフランス語 librement リーブルマン「自由に」になるのと同じである。fair は fair play, My fair lady のように「美しい」の意味だったが、いま「美しい」はフランス語からきた beautiful を用いる。beauti-ful は「美に満ちた」の意味で、語源的にはフランス語＋英語である。full は接尾辞になって -ful と短くなってしまった。このように、「フランス語＋英語」の材料からなる単語を混種語（hybrid word）という。健康的（健康のために）には「健康」も「的」も漢語だが、和語で言ったら「からだをよくするためには」と長くなる。「美に満ちた」も「うつくしさがあふれるほどの」となる。ハイブリッドがガソリン用語として日本語に定着するよりも、ずっと前から、文法用語として用いられていた。

ボーッと生きてんじゃねえよ （NHKテレビのセリフ）

Don't sleep through life.（携帯に出ていた）

　これは「いつも」で、ロシア語文法の不完了体。

Don't be absent-minded.

「いま」；ロシア語文法の完了体。

　1日24時間の間、食事、労働、睡眠以外に、ボーッとして
いる時間は、かなりある。忙しい作家だって、材料を思案し
ている間にも、ぼんやりしている時間はあるはずだ。

　バスルームにつかって、ぼんやりしているとき。

　食事のあと、テレビを前に、見るでもなく、ぼんやり。

　散歩のとき、ステッキをついて、ぼんやりしているとき。

　交差点で、待っているとき。やむをえないが、忍耐が必要
だ。

　夜、フトンの中で、ラジオをつけながら、聞くでもなく、
寝入るまでボンヤリ。

　買い物で、レジが混んでいるとき。これも、やむをえない。

　友人から手紙が来た。

　返事を書くべきか、書いたほうがよい、いや、どうかな。

　彼から、しばらく、音信がない。書くべきか、もしかした
ら、相手は書くことができない状態かも。

　もっと食べたいが、やめとこうか。

　冷蔵庫にすきまができた。47センチ×47センチのミニ版。
この中に牛乳、ビール、オカズ、が入っている。肉は買った
ら、すぐ火をとおして、オカズ入れに入れておく。シャケは
焼いて冷蔵庫に入れておく。あ、野菜を買わねば。

ぼいん（母音）変化（vowel change）

　英語 sing, sang, sung（現在、過去、過去分詞）の母音変化をドイツ語では Ablaut（アプラウト）という。ドイツの言語学者ヤーコプ・グリム（Jacob Grimm, 1785-1863）が『ドイツ語文法 Deutsche Grammatik』（1819）の中で用いた。このような動詞を strong verbs（強変化動詞）と呼ぶ。これに対して love, love-d, love-d のような規則動詞を weak verbs（弱変化動詞）という。

　このような母音変化は、動詞と名詞の間にも見られる。

　see（見る）→ sight（見ること、景色）eye-sight 視力

　drive（運転する）→ drift 流れ、snowdrift 雪だまり

　choose（選ぶ）→ choice（選択）

　write（書く）→ Holy Writ（聖書、神聖な書き物）

　abide（滞在する）→ abode（住居）

　may（できる）→ might（力、権力）

　think（考える）→ thought（思考）

　feed（食べさせる）＜ food（食べ物）

［feed は food より。古代英語 fōdjan 食べさせる］

　bleed（出血する）＜ blood（血）

［bleed ＜古代英語 blōdjan 出血する］

　shoot（射撃する）→ shot（射撃）

　動詞と名詞の母音が同じ場合もある。cost（値段が…である；値段）。dream（夢見る；夢）；smell（匂う、におい）；hew（木を切る；木こり；学習院大学英文科教授の Linda Goodhew 先生の意味は（先祖が）「よい木こり」だった。

190

ぼうおん（忘恩）の罰 （ingratitude punished）

　ある日、ハイカラな婦人が買い物をしていた。突然、大雨が降り、街路は水浸しになってしまった。彼女の馬車は大きな広場の向かい側にとめてあった。広場は雨のために湖のようになっていた。馬車の運転手は彼女を迎えに行こうとしたが、馬が水たまりの中を行くのをいやがった。一人の紳士が、彼女の難儀を見て、彼女に近寄り、婦人を腕に抱きかかえ、広場を渡り、彼女を馬車のドアのステップに無事におろした。婦人は驚きから正気に戻ると、振り向いて紳士に向かって言った。「失礼な人ね！」

　紳士は一言も言わず、彼女を再び腕にかかえて、水たまりを渡り、彼女がもといた場所におろした。そして、帽子を脱ぎ、うやうやしくお辞儀をして、立ち去った。

　出典はデンマーク人のための『大人のための英語読本』Ida Thagaard Jensen and Niels Haislund （イダ・タゴール・イェンセン、ニルス・ハイスロン）著 Engelsk for voksne. 20版、コペンハーゲン 1958. 面白い話がたくさん入っている。著者の一人ニルス・ハイスロン（1909-1969）はコペンハーゲン大学教授オットー・イェスペルセン Otto Jespersen （1860-1943）の秘書を15年間つとめ、師の遺稿『英文法』第7巻（Syntax, 統辞論）を出版した（1949）。イェスペルセンはコペンハーゲン大学の英語学教授。言語の進歩（1894）、言語（1922）、文法の哲学（1924, 半田一郎訳『文法の原理』岩波書店1958), 近代英文法、全7巻。英語の成長と構造（1905）は教科書として用いられた。

ほうろう（放浪）記 （1930）林芙美子の小説

　林芙美子（1904-1951）の伝記である。私にはふるさとがない。父は四国の伊予（いよ）の出身で、行商人だった。母は九州の桜島の温泉宿の娘だった。私の母は8歳の私を連れて木賃宿暮らしをした。小学校は7回もかわった。小学校を卒業せずに、母と一緒に行商生活をした。おとなになって、東京に出た私は、女中をしたり、道玄坂の露店で働いたり、オモチャ工場の女工をしながら、文学書を読み、童話を書いたりした。時事新聞に投稿して、はじめて原稿料をもらった。『放浪記』は日記の形で書かれている。作品の中では小学校も卒業できなかった、とあるが、実際には、苦学しながら、尾道市立女学校を卒業、生活のために、一人で上京し、いろいろな職業を転々としながら、『放浪記』を書き始めた。1927年、手塚緑敏（りょくびん）という画学生と結婚。東京の本郷肴（さかな）町の南天堂書店の二階のレストランにたむろしていた詩人萩原朔太郎、壷井繁治らと知り合った。1926年、東京本郷3丁目の大黒屋という酒屋の二階に間借りしていた平林たい子と同居し、女給となって働きながら、創作のために語り合った。1928年、『女人芸術』に「秋が来んだ―副題：放浪記」の連載を始めた。大正末期から昭和初年にかけて、都会の消費生活や時代の風潮を描いたものである。『放浪記』は「新鋭文学叢書」の1冊として改造社から出版され、ベストセラーになった。その印税で満州、中国を旅行した。ほかに『浮雲』（1951）、『清貧の書』（1951）がある。その後、シベリア経由でヨーロッパに遊んだが、1951年、心臓麻痺で急死した。

ほうろうき（放浪記）林芙美子原作の舞台・映画

　林芙美子（1903-1951）の自伝。菊田一夫脚本、森光子主演（1961）。2009年まで2017回も上演された。森光子のでんぐり返しが有名。映画は1954年、東映製作所、夏川静江が主演した。1962年、東宝30周年、菊田一夫の戯曲『放浪記』をもとに、林芙美子を高峰秀子が演じ、芙美子の母親を田中絹代が演じた。

　更け行く秋の夜、旅の空の、侘（わび）しき思いに、一人なやむ、恋しやふるさと、なつかし父母。While travelling under a darkening autumn sky, alone in lonesome memories, I long for home, remembering my dear parents. 林芙美子は幼いときから親の都合で、各地を転々としていた。故郷というものがない。旅がふるさとであった。親の都合で転校ばかりさせられた。小学校を中退し、12歳のとき、母親と一緒に行商に出た She worked with her mother as a peddlar. 父親は九州から母親に金を無心に来るような男であった。林芙美子は上京して、家政婦、工場労働者、飲食店の店員、露天商（stall keeper）など、さまざまな仕事をし、恋愛もしたが、長続きはしなかった。

　浮き草（floating grass）のような人生を送りながら、本を読み、日記を書き、詩を作った。そのような時間が、人間らしい生活だった。芙美子は詩人、作家として、原稿料が得られるようになった。しかし貧苦は続いた（continued to live a life of poverty）。彼女の一生は流浪の人生だった（life of a drifter）。

ほし（星）の王子さま（The Little Prince, 1947）

　サン・テグジュペリ（Antoine de Saint-Exupéry, 1900-1944）作の童話。王子さまの住んでいる星はB612という小さな星で、直径50メートル、3階建てのビルぐらいの大きさしかありません。ここに、たった一人で住んでいます。ある日、風に乗って、小さなタネが舞い降りました。バラのタネでした。美しいバラの花が誕生しました。「きれいだね」「だって、わたしは朝のひかりの中から生まれたんですもの」王子さまは、バラと仲よくなりたかったのですが、このバラは、とても、わがままなバラでした。王子さまには、星から星へ渡り飛んでいるバードというお友だちがありました。「美しいバラさん、ぼくはきみと仲よくなりたかった。ぼくは、心から話し合えるお友だちを求めて、緑の星、地球に行くよ。お別れだね。元気でね。」バードは、仲間の鳥たちと、星の王子さまを流れ星が通るところまで連れて行きました。そこから流れ星に乗って、地球に降り立ちました。着いたところは砂漠でした。そこで、飛行機が不時着した飛行士に出会いました。地球でお友だちになった、最初の人でした。それからヘビに出会いました。「なぜ地球になんか来たんだい?」「お友だちを作るためにだよ」「よせよせ、人間なんて、やばんなやつ」

　砂漠を歩いていると、ついに、緑の野原に来た。いろいろな鳥やけものや、バラや、そのほか、たくさんの花、果物、があふれている。バラは、何千本もあったが、みな自分で咲いている。「美しいものは、目には見えない。心で見なければならない」と著者サン・テグジュペリは言っている。

星のひとみ （トペリウス作）

　星のひとみというのは、星のひとみをもったラップランドの少女のことです。ラップランドは、国ではなく、フィンランドの北にある地方の名です。

　ラップランドの夫婦が雪の山を降りて、家に向かっていました。おなかをすかせたオオカミの群れが夫婦を乗せたトナカイを襲ってきました。トナカイは死にものぐるいで走りましたので、お母さんは抱いていた赤ちゃんを落としてしまいました。雪の中に落とされた赤ちゃんの目にお月さまの光が乗り移っているのを見て、オオカミどもは、すごすごと引き返して行きました。そのあと、買い物から帰る途中のお百姓が、その赤ちゃんを見つけて、家に連れて帰りました。よかったですね。

　お百姓は三人の息子がいたので、星のひとみは三人のお兄さんと一緒に育てられました。星のひとみは、神通力をもっていて、お母さんの考えていることを見抜いてしまうのです。「牧師さんが来たら、お礼にサケをあげましょう。大きいのにしようか、小さいのにしようか、小さいのにしましょう」と考えていると、お母さんの心をちゃんと見抜いているのです。星のひとみを三年間育てている間に、こんなことがたびたびありましたので、気味がわるくなって、星のひとみを、ラップランドの魔法使いめ！と追い出してしまいました。

　星のひとみがいた間は、畑も家畜も幸運が続きましたが、その後、この家族に不幸が訪れました。

　作者サカリ・トペリウス Sakari Topelius （1818-1898）はヘルシンキ大学の歴史の教授、その後、学長。

ホタル（火垂る）の墓 〔野坂昭如、1988〕

Grave of the fireflies. 野坂昭如（1930-2015）は作家、作詞家。1945年8月、戦後の悲惨な生活を描いた。兄と妹が終戦を迎えたが、二人とも栄養失調のため死んだ。

兄（清大セイタ）14歳と妹（節子）4歳は父（海軍軍人）と母と神戸にしあわせに暮らしていたが、1945年8月の空襲で母は大やけどで亡くなり、父も戦争で死んだ。兄と妹は親せきの家に住んでいたが、食料事情の悪化のため、居づらくなり、兄と妹は川のほとりの洞穴で生活した。兄は七輪（コンロ）、ナベの調理道具を購入して気兼ねのない生活を送っていた。

しかし、食料難のため、近所の畑からサツマイモやトマトを盗んで、食べていた。妹・節子が病弱のため、医者に診てもらうと、栄養失調なので、滋養のあるものを食べなさい、と言われたが、そんなものを買うお金がない。節子は、大好きなサクマドロップを大事にして、一粒、一粒食べていたが、ついに無くなった。代わりに、節子はオハジキを入れて、食べようとした。兄は、そんなもの食べちゃだめだよ、とたしなめた。ある夜、スイカを盗んで食べようとしたが、節子は、ついに、食べる力さえも失い、終戦の1週間後に死んだ。兄は梱（こうり）に節子の死体とドロップのカンを丘のふもとで焼いた。

最後に残った貯金通帳でお金をおろそうとしたとき、日本が戦争に負けたことを知った。終戦後、疎開していた家族が川の向かい側の家に戻って来て、レコードをかけていた。

兄も、お金が尽きて、ついに、三の宮駅の地下道で飢え死にしてしまった。地下道には死体がゴロゴロしていた。

まずしい（貧しい）大統領（poor president）

　世界一貧しい大統領（the poorest president）で有名になったのは南米ウルグアイの大統領ホセ・ムヒカ José Múgica（在任2010-2015）。公邸（国の邸宅）には住まず、車を持たず、自宅で、妻とイヌと一緒に暮らした。自宅の農場で、質素な生活をした。日本にも来た。

　これと逆なのが、ブラジルの大統領ボルソナロ、67歳。妻は副大統領、子供たちはみな政府の要職についている。国を私物化している。大統領再選は投票率80％とあるが、80％は棄権率なのだ。2022年に民主的なルラ大統領が誕生した。

　ワンマン大統領が2022年の最もふらちな（unpardonable）大統領プーチン（1952年生まれ）。なんらの大義名分もなく、兄弟国ウクライナに攻め入り、メチャクチャに破壊した。ネオナチをやっつけるために、と称して。ウクライナにネオナチなど、いない。1991年、ソ連は解体し、15の共和国は、それぞれ、自分の好むように生きて行くことができるようになった。西側に入りたいと望んだだけだ。ウクライナ大統領ゼレンスキーは、夫妻で2019年、日本を訪れ、東京の小学校の給食を見学した。プーチンは2036年まで大統領をつとめることができるという法律を作った。最初はメドベージェフと4年ごとに首相と大統領を交換していたが、いつの間にかメドベージェフは首相のままになった。情報統制を敷いて、批判を隠している。側近の外務大臣のラブロフは、イェリツィン時代からの、ふるダヌキで、プーチンの片棒を担いでいる。プーチンの欠点は、まわりに、イエスマンしかいないことだ。

まめ（豆）つぶころころ

　日本の中国地方の昔ばなしです。じいとばあが暮らしていました。ある日、ばあが、うちの中を掃除していると、豆つぶがひとつぶ、コロ、コロッと、ころがってきて、カマドの中にコロリンと落ちてしまいました。「じいさん、たいへんだ、豆つぶが、ひとつ、カマドの中に落ちてしもうた」じいさんは、それはもったいないことをした。カマドの中をのぞきますと、マメがひとつぶ、ころがっていました。下におりてみると、地下は、大きな「ほらあな」になっていました。お地蔵さんが立っていたので、尋ねると、「すまないなあ、おれが食べてしまった」と言うのです。そのかわり、いいことを教えてくれました。「このおくの、赤いしょうじの家をたずねるがよい」そこはネズミの家で、ちょうど結婚式のためにお餅をついているところでした。おじいさんが、それを手伝ってやると、ネズミたちは大喜び。それが済んで、なおも洞穴を進んで行くと、鬼たちがバクチをやっていました。お地蔵さんが忠告してくれたので、「コケコッコー」と叫びました。すると、鬼どもは「もう朝か」と金の大判、小判をそのままにして、逃げてしまいました。おじいさんは、その金貨を背負って、家に帰りました。

　となりのばあさんが訪ねて来て、金貨を見てびっくり仰天。ことの顛末を話すと、よくばりばあさんは、さっそく、それをじいさんに語りました。じいさんは、たくさんマメを地下に落として、洞窟の中を入って行きました。鬼どもが、バクチをしています。早速、コケコッコーをしますと、鬼どもが、こんどはだまされぬぞ、とじいさんを散々なぐりつけました。

みにくいアヒルの子 （アンデルセン童話、1843）

The Ugly Duckling. みにくいアヒルの子は、成長して美しい白鳥になりました。これは貧しい家庭に育ったが、成長して立派な詩人になったアンデルセン自身の物語です。

暑い夏の日、アヒルのお母さんが巣の中でタマゴを温めていました。そのうちにタマゴが割れて、ピヨピヨと鳴きだしました。次から次に、かわいい頭を出しました。ピヨピヨたちは、あたりを見まわして「世界は広いなあ」と口々に言いました。お母さんが説明しました。「世界はね、この庭のずっと向こうの、牧師さまの畑まで広がっているんだよ」。タマゴはみな無事に割れて、ヒヨコが誕生しましたが、まだ一つ、大きいのが残っていました。

やっと、その大きなタマゴも割れて、みにくい子が出てきました。兄弟のヒヨコが寄ってきて、みにくい子、あっちへ行けと、いじめられ、ほかの鳥やイヌやネコにもいじめられました。冬になると、とても寒くて、そとにはいられません。一軒の百姓家にたどり着いて、入り口のすきまから中へ入って行きました。ここには、おばあさんがたったひとり、ネコとニワトリと一緒に住んでいました。

春が来て、暖かくなったので、アヒルはそとに出ました。池に美しい白鳥が三羽泳いでいました。子供たちが叫びました。「アッ、新しい白鳥がいるよ！」そうです。みにくいアヒルの子は美しい白鳥に成長していたのです。

白鳥のタマゴなら、アヒルの巣に生まれても、成長して、白鳥になる、というお話です。

ヤナギとブドウの木 (il salice e la vite)

　柳の木の下にひとつぶのブドウの種が落ちました。ブドウは芽を出しましたが、柵がないので、ツルが伸び始めたときに、柳が一番低い枝をブドウのツルに差し伸べました。ブドウは、すくすく育つことができました。ブドウは5本のツルに分かれ、柳の枝にからみつきました。柳がブドウの木に言いました。「ぼくたち結婚しない?」仲間の柳は、身分が違うじゃないか、やめろ、やめろ、と反対しましたが、柳とブドウは結婚しました。そして、冬の寒い間、柳はブドウのツルをくるんでやりました。ブドウは春になると、小さな実が熟し始め、秋になると、おいしいブドウの実がなりました。そして、道行く人たちに食べてもらい、喜ばれました。

　「柳」のイタリア語il sàlice (イル・サリチェ) は男性名詞、「ブドウ」のイタリア語la vite (ラ・ヴィーテ) は女性名詞です。レオナルド・ダ・ヴィンチ (1452-1519) は『童話と伝説』(Fàvole e leggende ファヴォレ・エ・レッジェンデ) を書いていて、日本語訳が裾分一弘 監修 (小学館、2019) として出ています。その原作では、お百姓さんたちが、柳の木を見て、この木が大きくなると、ブドウのツルが引っ張られて、根っこまで引き抜かれてしまうぞ、と柳の木を刈り取ってしまいました。ダ・ヴィンチ (da Vinci) は「ヴィンチ村の出身」の意味で、「モナ・リザ」や「最後の晩餐」の名画で有名です。イタリアのメディチ家 (i Mèdici イ・メディチ) は15世紀、フィレンツェの財閥で、芸術家を保護しました。語源は医者 (il mèdico イル・メディコ) の複数です。

ユーラシアのわだち（Eurasisches Geleise, Eurasian track）［わ
だちは人や馬の通ったあと］

　ユーラシアはヨーロッパとアジアをあわせた広大な地域で
ある。アジアといっても広い。ここでは、インド・ヨーロッ
パ民族（Indo-European peoples）とその周辺地域の意味であ
る。英語でいえば、Indo-European and Peri-Indo-Europeanとな
る（períはギリシア語で「周辺に」）。「わだち」というのは、
人や馬が通ったあと（英語track）の意味である。具体的に
言うとインド・ヨーロッパ地域と、その周辺にあるバスク・
コーカサス、ロシア、シベリアの大地、スカンジナビア半島
にあるフィンランドを指す。フィンランドはスウェーデンや
ノルウェーと系統が異なり、ウラル系である。ウラル山脈が
ヨーロッパとアジアを分けている。

　このドイツ語Eurasisches Geleise（オイラージッシェス・
ゲライゼ）を初めて用いたのは、ドイツの言語学者グン
ター・イプセンGunther Ipsenだった（1924）。小アジア
（Asia Minor）と地中海周辺は温暖だった。メソポタミアは
チグリス川とユーフラテス川の中間地帯（meso「中間」、
potamós「川」）で農作物が豊富だった。人類の繁栄のために
は、十分な食料と、戦争がないことが必要だ。

　ユーラシアのわだち、は、このメソポタミアを中心に古代
オリエント文明が誕生した。前4000年紀（前3000年代）に、
まずシュメール人がティグリス、エウフラテス両方の河の流
域の最南部に定着し、世界最古の都市を建設した。都市成立
には豊富な食料が必要だ。ここはムギも魚も豊富だった。

ようせい（妖精）の起源〔origin of fairies〕

　むかしむかし、アダムとイブにこどもが大勢いました。神さまは自分が作った人間がどうしているか、その間にできたこどもたちはどうなったかと思って、彼らを訪問することになりました。イブは、自分たちの生みの親である神さまがお出でになるというので、こどもたちをきれいにしてから見せようと思いました。それで、こどもたちを呼んで、洗い始めたのですが、あまり大勢いたので、洗い終わらないうちに、約束の日が来てしまいました。で、イブは、きたないままのこどもは、隠しておきました。神さまはアダムとイブと健康そうなこどもたちを見て喜びましたが、考えていたほど、こどもが多くありませんでしたので、イブにたずねました。
「こどもは、これで全部かね？」「はい」
　しかし、神さまはイブのウソを見抜いていましたので、たいへん怒って、こう言いました。
「よろしい、私の前に姿をあらわさなかった者は、すべての人間の目に見えないままでいるがよい。その子孫は地上をさまよい、目の見えない存在になるがよい。」
　こういうわけで、あのとき、神さまの前に姿をあらわさなかったこどもの子孫は、妖精となって、深い森や岩の間に生きています。
　妖精は、複数形で fairies, govetter, halder と、いろいろの名で呼ばれています。これは北欧に広く伝播しており、ラップランドのノラルダという少女は、偶然、人間の姿を見る力を授かりました。ノラルダの項p.170をご覧ください。

ライオンとウサギ （The lion and the rabbit）

　インドの森の中にライオンが住んでいました。森のけもの
を片っ端から食べてしまうので、けものたちは相談しました。
ライオンのところへ行って、こう申しました。「これから、
私たちは必ず毎日一匹ずつ、あなたのところへ食べられに行
きますから、いままでのようにしないでください」と言いま
した。それからは、毎日、必ず、一匹ずつ食べられに行きま
したので、その間、ほかの者は、安心して森の中を歩きまわ
ることができるようになりました。ある日、順番で、一匹の
子ウサギがライオンに食べられるために行くことになりまし
た。

　途中に井戸がありました。上から覗くと、底に自分の姿が
映っています。そこで、子ウサギはうまいことを考えつきま
した。ライオンのところへ行きますと、「遅いじゃないか」
と怒鳴りました。ウサギが言いました。ここに来る途中に井
戸がありまして、その中を覗くと、一匹の大きなライオンが
いるのです。そして、こう言うのです。いま森で威張ってい
るライオンはけしからん奴だ。あいつが、この森の王だなん
て、生意気だ。力くらべで森の王を決めるから、そいつを呼
んで来い、と。

　ライオンがその井戸へやってきますと、中に、たしかにラ
イオンが見えます。ウォー、と叫ぶと、相手もウォー、と叫
び返しました。なにを、こしゃくな、とばかり、ライオンが
井戸の中に飛び込みました。そして、死んでしまいました。

　子ウサギは森に帰って、事の次第を動物たちに報告しまし
た。動物たちは、子ウサギの知恵をほめました。（高倉輝
『印度童話集』ARS, 1929, p.95-98）

ライト、ジョセフ（Joseph Wright, 1855-1930）

オックスフォード大学の比較言語学（comparative philology）教授。立志伝中の人で、幼いときから製紙工場で働き、15歳のときに初めて文字を独習。1876, 1882年、Heidelberg大学で印欧言語学を受講、1885年、ギリシア語音韻の研究でDr.phil. を得て、1891年Oxford大学比較言語学教授。印欧語比較文法入門、中世高地ドイツ語入門、古代高地ドイツ語入門、ゴート語入門などの著書あり。英語方言辞典（English Dialect Dictionary）は全6巻5400頁、見出し語10万、例文50万。その英語方言文法、ギリシア語比較文法（1912, 10 + 384pp. 東海大学原田文庫）。

ここで原田文庫について紹介しておきたい。原田哲夫氏（1922-1986）は東北大学英文科卒、日本大学歯学部英語教授であったが、その膨大な図書のコレクションを勤務先の大学にではなく、東海大学に寄贈した。私が非常勤先でそれを発見したのは1992年で、その数百冊の貴重本は、印欧語、ゲルマン語、ロマンス語、ヨーロッパ諸語、それらの中世文学、その英訳など、すべて私の興味あるものばかりで、東京大学文学部言語学科にさえないようなものも含まれていた。下宮『言語学I』（英語学文献解題第1巻、研究社、1998）参照。

ライト夫人となったElizabeth Mary Wright（1863-1958）は1907年以後、夫を助け、または共著で、古代英語、中世英語などを書いた。独立の著書にRustic Speech and Folklore（1913）があり、夫の人生と業績を描いたThe Life of Joseph Wright（2巻、1932）がある。

ライン河畔のボン（Bonn am Rhein）

　ボンは小さな町だったので、ライン河畔の（am Rhein）という形容語句が必要だった。1945年、ドイツが第二次世界大戦に敗れ、1949年、ドイツの首都をライン河畔に設置するに際して、小都市が候補にあげられ、ボンが選ばれたのである。ライン河畔にあること、大学があること、ベートーベンの生誕地であること、などがセールスポイントになった。1989年ベルリンの壁が崩壊して、首都はベルリンになった。

　ボン中央駅からライン川を渡り、対岸のボン・ボイエル駅（Bonn-Beuel）への橋はケネディ橋（Kennedy-Brücke）と呼ばれる。ボン・ボイエル線はライン川の右岸を走る。

　ボンの歴史は古い。西暦50年以前に、ローマの陣営が、ここに、Bonnaの名のもとに設置されたとある。2000年以上も前である。当時は、まだケルト人がライン河畔に居住していた。1965年11月ボン大学のクノープロッホ先生（Prof. Dr. Johann Knobloch, 1919-2010）にボンの意味を尋ねると、Siedlung（居住地、村）ですよ、とおっしゃった。語根は英語のbeと同じで、「人がいるところ」が原義である。ドイツ語の「町」Stadtシュタットは語根*stā "to stand"で、これも「人がいるところ」が原義だった。ウィーンのラテン名Vindo-bona（ウィンドボナ）はケルト語で「白い町」。「白い町」はセルビアの首都ベオグラードBeo-gradも同じ。

　私はボン大学に1965年冬学期から1967年夏学期まで2年間留学する幸運を得た。学生数4万人。日本人留学生も多い。ボン駅のすぐ近くにあり、中庭は公園のようになっている。

ライン川（The Rhine, Der Rhein, Le Rhin）

　ライン川はアルプスの少女ハイジの故郷マイエンフェルト
を流れ、スイス、ドイツを流れ、オランダを通って北海
（the North Sea）に流れ込む。その語源は印欧祖語*sreu-スレ
ウ「流れ」である。ギリシア語rhéōレオー「流れる」; pánta
rheîパンタ・レイ「万物は流転す」。英語stream, ドイツ語
Stromシュトローム、はs-rの間に「わたり音t」が生じた結
果である。わたり音はglide（すべる）という。

　ライン川は古代ローマの詩人に「ヨーロッパの下水道」
Kloake Europasと呼ばれた（きたない、の意味）。同じローマ
の詩人アウソニウス（D.M.Ausonius, 310-395）は、逆に、
「いと美しきラインよ」（pulcherrime rhene）と歌っている。

　ライン川は1200年ごろ成立したドイツ英雄叙事詩『ニー
ベルンゲンの歌』の舞台になっている。このNibelungは霧の
国（neblige Unterwelt）の息子（-ung）の意味で、地下の財
宝を守っている小人族である。これを英雄ジークフリート
（Siegfried）が征伐して、その財宝を引き継ぐ。

　ライン川の左岸、フランクフルトからハンブルクまでヨー
ロッパ横断特急（Trans-Europa-Express）が走り、ライン川の
景勝地になっている。

　ライン河畔のケルンからコーブレンツまでライン遊覧船
（Rheinfahrt）が走る。この区間はライン川の最も美しい区間
である。ケルンKölnの語源はcolonia（植民地）、Koblenzは
ライン川とモーゼル川のconfluentes（合流点）。

ライン川遊覧船 （Rheinfahrt）

ケルンからバーゼルまで （Köln, Frankfurt am Main, Mann-heim, Karlsruhe, Strasbourg, Basel）

大人14ユーロ （2000円）、シニア9.80ユーロ （1400円）。
ドイツのケルンからスイスのバーゼルまで5時間。

ライン川よ、おまえを洗ってくれるのは、だれか

Wer wäscht den Rhein?

（ヴェーア・ヴェッシュト・デン・ライン）

ライン川は、よごれている。英国詩人トマス・フッド
Thomas Hood （1799-1845） は次のように歌っている。

僧侶とその死体の町ケルンで、殺人的な敷石の町、ケルン
で、浮浪者と、女どもと、売春婦の陰謀の町で、私は72も
のにおいを数えた。みな、違う、その上、悪臭だ。下水、沼、
穴にいるニンフたちよ！　ライン川は、おまえたちの市を洗
い、清めているのだ。天の神々よ、教えてください、いった
い、だれが、この哀れなライン川を洗ってくれるのか。

だが、ライン川は詩と伝説を生み、ブドウを栽培し、ワイ
ンを作り、遊覧船を運び、特急列車ユーロシティの乗客を楽
しませる。川は、濁ってはいるが。

ラインの古城（Old castles along the Rhine）

　神さまは、まだ人々が森の中に住んでいる時代から、現代のことを見通していました。そして、いつか、こんなに美しいお城もなくなり、近代的なビルが建ち並び、人々の心もすさんでしまうのではないかと、心配でたまりません。ちょうど、そのころ、神さまは、イバラ姫が誕生したというニュースを聞いたのです。神さまは、お城に忍び込んで、13枚の金のお皿のうち1枚を抜き取っておきました。あとは、筋書通りです。美しいお城は、深い眠りに落ちました。

　現代のある日、経営学を学んだ青年が、神さまのお告げで「お城に眠るイバラ姫」を救い出しました。そして、彼女と結婚しました。それから、夫婦でそのお城を古城ホテルに改造し、世界中から観光客を呼びました。神さまは、その様子を見て、ホッと胸をなでおろしました。ドイツのライン河畔にある古城ホテルは、現代の観光客の心をなぐさめ続けています。

　上記は1990年度の独語学特別演習（土2時限）を履修した4年生21名の作品を集めた「グリム・メルヘン列車」の中の今井美奈子さん（埼玉県行田市）の作品です。このメルヘン列車は午前11時30分に教室を発車し、13時00分には教室に帰れるようになっています。当時、目白駅の引き込み線（車両庫）に客車が1両眠っていて、昼間はレストランになっていました。21名の昼食代は、ドリンクを入れて31,950円（一人1300円、半額は引率者負担）です。学生は食事をしながら、自分の発表をしました。本書p.109
（下宮『目白だより』文芸社、2020, p.40）

ラップランド（Lappland）［絵はデンマーク小学生読本］

アイスランド（デンマーク小学生読本）

ラップランドはノルウェー、スウェーデン、フィンランドにまたがる遊牧民族で、5万人が住んでいる。

下の絵はスキーに乗るラップランドの少年だ。冬は学校へ行くにも買いものに行くにも、スキーが乗り物。学校へは、あまり行かない。とても遠いからだ。家で本を読んだり、計算（算数）の練習をする。年に二、三回、先生が勉強しているかどうか見に来る。毎年、三か月は学校の近くに住んで、アイスランドや外国の地理を学ぶ。友達と遊べるので、とても楽しい。

昼食の時間。ジャガイモ、ヒツジの肉、クリームチーズ（アイスランド語でskyrスキール）。クリームチーズはミルクから作られる。生徒も大人も、大好きだ。

晩に家族みんながお風呂に入る。となりにベッドがある。お母さんは羊毛をつむぎ、その間、お父さんは、昔の話をしてくれる。この話は歴史の時間に習った。

スキーに乗るラップランドの少年

ラップランド人（The Lapps：デンマーク小学生読本）

デンマーク小学生読本4年生に収められている。

ヨーロッパの北の果てに、ノルウェー、スウェーデン、フィンランド、ロシアにまたがって、サーミ人（samer）と呼ばれる人たちが住んでいる。彼らはノルウェーのフィンマルケン（Finmarken, フィンランドの国境；mark は国境, -en は定冠詞）に、スウェーデンのラップランドに住んでいる。スウェーデンのサーミ人はラップ人と呼ばれることがある。

ラップランド人のことばはノルウェー語にもスウェーデン語にも似ていない。フィンランド語に似ている。

ラップランド人の職業は農業、狩猟、トナカイ（reindeer）飼育である。彼らはトナカイから食料を得る。乳をしぼり、ミルクからチーズを作り、肉を食べる。トナカイの皮から外套、上衣、長靴を作る。トナカイは人間の荷物を運ぶ。馬や車のように。トナカイは、冬は森の中で食糧を、夏は野原で得る。

父と子供2人が町へ行き、羊毛を売った代金で
コーヒーや他の食品を購入し、家に帰るところ

210

ラフカディオ・ハーン（Lafcadio Hearn）

　日本名小泉八雲（1850-1904）はギリシアのレフカダ島 Levkada 生まれ。イギリスとフランスで教育を受け、アメリカに渡り、新聞記者をしていた。1890年、「ハーパー」誌の通信員として横浜に着いた。1890年8月、鳥取県松江中学校の英語の教師となった。12月、小泉節子と結婚。1891年1月から1894年10月まで熊本の第五高等学校で英語の教師、その後、神戸の英字新聞ジャパンクロニクル（The Japan Chronicle）に就職した。1896年東京帝国大学英文学の講師となり、以後、6年間、毎週12時間の講義をした。1903年、早稲田大学に招かれたが、1904年9月26日、心臓麻痺のために、西大久保の自宅で亡くなった。

　今日、最も広く読まれているのは、Kwaidan（怪談）で、亡くなったあとで出版された。多くは節子夫人が夫のために読み、語ったものを、ハーンが想像の翼をはせ、書き上げたものである。開文社（荻田庄五郎対訳、1950）には、耳なし芳一の話、おしどり、お貞の話、乳母桜、はかりごと、ある鏡と鐘について、食人鬼、むじな、轆轤首、葬られた秘密、雪女、青柳物語、十六桜、安芸之助の夢、が英語・日本語の対訳で入っている。

　小泉八雲旧居（ヘルン、Hearn をドイツ語読みにしたもの）、小泉八雲記念館（島根県松江市）、焼津小泉記念館（静岡県焼津市）、富山大学付属図書館ヘルン文庫がある。

　私は2005年5月、松江を訪れたが、地ビール（ヘルンビール）は、おいしくなかった。

リエゾン（フランス語liaison）

　リエゾン、連音。フランス語vous avez［vu ave］ヴー・アヴェ 'you have' が［vuzave］ヴーザヴェ、のように、母音の前でzが復活する。また、il a 'he has'が疑問文（a il?）、あるいは、文脈でa ilとなるとき、母音の衝突（hiatus）を避けるために、a-t-ilのようにtが挿入される。elle a 'she has'の場合もa-t-elle 'has she' となる。以上は文法用語だが、普通名詞liaison aérienne Paris-Tokyo（entre Paris et Tokyo）パリ・東京間航空便、liaisons dangereuses（危険な関係）の用法もある。

レール（rail）鉄道。railway. ドイツ語はEisenbahn（アイゼンバーン）という。Eisen「鉄」Bahn「道」。フランス語はchemin de fer（シュマン・ド・フェール）「鉄の道」、スペイン語ferrocarril（フェロカリル）、イタリア語ferrovia（フェロヴィーア）、ロシア語želéznaja doróga（ジェリェーズナヤ・ダローガ：鉄の道）。馬車に代わって鉄道が発達したのは、イギリスのLiverpool-Manchesterに始まり、1830年代には1500マイルの鉄道が敷設された。日本に導入されたのは1874年9月12日、品川・横浜間5キロメートルであった。「陸蒸気」と呼ばれ、人々は驚嘆した。（中川芳太郎『英文学風物誌』研究社 1933, 1992, p.434）

レイキャビク（Reykjavík）

　Reykjar-vík は「煙（reykr）の湾（vík）」の意味で、アイスランド共和国（人口30万）の首都である。ノルウェーのバイキング Ingólfr Arnarson（インゴールヴル・アルナルソン、現代の発音はアトナルソン）が874年、ここに漂着したとき、温泉から舞い上がる蒸気が煙のように見えた。

　2003年8月初旬、第17回国際言語学者会議（プラハ）の帰りにレイキャビクに4泊する機会があった。ホイクスドゥホティル教授（Prof.Dr.Auður Hauksdóttir；デンマーク語教授）の車で市内を案内してもらったあと、町を歩くと、北欧神話にゆかりの街路名がたくさんあった。Óðinsgata オーディン通り、Thórsgata トール通り、Týsgata ティール通り、Bragagata ブラギ通り（Bragi は詩の神）、Freyjugata フレーヤ通り（Freyja は美の女神）、Njarðargata ニョルド通り（Njǫrðr は Freyr と Freyja の父）、Baldursgata バルドゥル通り（Baldur は Odin と Frigg の息子）、Lokastígur ロキ通り（Loki は北欧神話悪の神）など。だが、なぜか Frigg（フリッグ：Odin の妻）の名はない。「通り」は gata（英語 gate）のほかに braut もある。Snorrabraut（スノリ通り）語源は brjóta（切る）で、切り開いて作った。フランス語 route も同じで、ラテン語 via rupta より。Ásgarður（北欧神話アサ神族の庭）は意外と小さい。garður 'garden'. Gamli Garður（古い庭）は外国人学生用のホテル。Nýi Garður（新しい庭）は外国語研究所になっている。日本語の授業もある。

ロシアへの制裁 (Punishment on Russia)

　ロシア、というよりも、プーチンに対して、のほうが、適切かもしれない。1990年まで、兄弟国だったウクライナに対して、あんなにむごいことをするとは、けしからん、と国際社会は激怒した。ウクライナからネオナチを追放するために、と称して。ウクライナにネオナチはいない。ただ、西側諸国と仲よくしたいと言っただけじゃないか。

　2022年4月5日までにドイツからロシア大使館員40名が、フランスから35人、スペインから25人、イタリアから30人、28か国、計400人のロシア外交官が追放された。

　ロシアから輸入禁止でシベリアの材木が日本に入ってこなくなった。木材輸出は世界の21%を占める。木は日本の山にあまっているが、すぐ利用できる建築材は安くて便利だった。
1986年、アイスランドのレイキャビクでアメリカの大統領レーガンとソ連最高指導者ゴルバチョフが握手して、東西冷戦を解決したゴルバチョフ（1931-2022）とは雲泥の相違だ。ゴルバチョフと妻ライサがニューヨークの国連会議場に登場した光景を、われわれは、決して忘れることができない。

　ゴルバチョフは2005年11月13日（日）14:15-16:15学習院創立百周年記念会館で「ミハイル・ゴルバチョフ元大統領と若者との集い」という講演が行われ、1500人の会場が満員だった。同時通訳の吉岡ユキさんは読売新聞モスクワ支局長の娘だった。ゴルバチョフが退場するとき、ぼくは友人の尾崎俊明さん、天野洋さんと一緒に、人をかきわけ、かきわけしてゴルバチョフと握手した。（下宮「目白だより」2021,p.63）

［付　録］
ジプシー語案内

ジプシー語案内 （Gypsy language, an introduction）

　名称「流浪の民」として知られるジプシー（Gypsy）の総
人口は700万〜800万人と推定され、その半分はヨーロッパ
に住み、さらにその三分の二が東ヨーロッパに集中している。
かつてのユダヤ人、今日のクルド人と同様、いまだに祖国を
もたぬ彼らは、起源的にはインド・アーリア系の民族である。

　紀元1000年ごろ、インド西北部から、よりよい土地を求
めて移動を始め、アルメニア、トルコ、ギリシア、ルーマニ
ア、ハンガリーに入り込んだ。ジプシーの名称は、英国人が
エジプト起源（Egyptian）と考えたためである。ドイツ語で
ツィゴイナー（Zigeuner）、フランス語でツィガーヌ（tsigane）、
スペイン語でヒターノ（gitano）、ロシア語でツィガン
（cygan）と呼ぶが、ジプシー自身はロム（Rom）、あるいは
ロマ（Roma）と呼ぶ。これは「人、人間」の意味で、ヒン
ディー語のdomに対応する。最近はジプシー語のことをロ
マニー語（Romany, Romani）ともいう。

　ジプシー語は、系統的には、インド語で、サンスクリット
語を古代インド語とすれば、ジプシー語やヒンディー語は近
代インド語である。日本語にもなったpen palのpalはジプ
シー語phral（兄弟）に由来し、サンスクリット語bhrātā, 英
語brotherと同系である。Ian Hancockはロマニー語を「バル
カン化した近代インド・アーリア語」（Balkanized neo-Indo-
Aryan language）と定義している（Encyclopedia of the Lan-
guages of Europe, ed. G.Price, Oxford 1998）。

ジプシーの三種族

（1）カルデラシュ（Kalderasch）はバルカン半島、南欧諸国のジプシーを指す。ルーマニア語cǎldǎraš（鍋、釜の職人）から来ており、いかけ屋を職業としている者が多い。彼らは唯一の純粋なジプシーであると主張している。

（2）ヒターノ（gitano）。スペイン、ポルトガル、北アフリカ、南フランスのジプシー。彼らの言語は非常にスペイン語化しているが、アラビア語も多く含む。語源は「エジプトの」で、彼らがエジプトから来たと考えたためである。

（3）マヌシュ（Manusch）またはシンティー（Sintī）。ドイツ、オーストリア、フランス、イタリアのジプシーを指す。マヌシュはサンスクリット語で「人間」の意味である。

北西インドの故郷から移住を始めたジプシーは、まずビザンチン帝国（ギリシア）および他のバルカン諸国に、次いで15世紀にドイツ、スイス、イタリア、フランス、スペインに、16世紀に英国にあらわれた。文学作品として、セルバンテスのLa gitanilla（ヒタニーリャ、ジプシーの少女、1612）、プーシキンのCygane（ツィガーニェ、流浪の民、1827, 中山省三郎訳、世界文学社、1948）、メリメのCarmen（カルメン, 1845）などに描かれている。

ジプシーは国家をもたぬため、標準語がなく、その方言は非常に多い。Miklosich（ミクロシチ）の12分冊はヨーロッパ・ジプシーの方言と放浪を論じたものであるが、そのVII, VIIIは「ジプシー語辞典」で、799語を13の方言（ギリシア語、ルーマニア語rumunisch、ハンガリー語ungrisch、ボヘミア語、ドイツ語、ポーランド語、ロシア語、フィンランド語、スカンジナビア語、イタリア語、バスク語、英語、スペイン

語）で比較している。

起　源

　ジプシー語がインド起源であることは、基本的な単語を見れば分かる。数詞1から5までをルーマニア、ギリシア、アルメニア、シリアのジプシー語で並べ、現代インド語であるヒンディー語を最後に掲げる。

ルーマニア	ギリシア	アルメニア	シリア	ヒンディー
1. ek	ek	yaku	yikä	ek
2. duj	dui	dui	dī	do
3. trin	trin	ťrin	tärān	tīn
4. štar	(i)star	čtar	štar	cār
5. panž	panč	benč	pūnj	panč

6 šov, 7 efta, 8 oxto, 9 inja, 10 deš, 20 biš（＜サンスクリット語 viṁśati）など印欧語的であり、十進法である。

　サンスクリット語 asti 'he is, she is, it is' のような基本語がthere is, es gibt の意味で残り、masi asti?（肉ありますか）とか、ヨーロッパでは否定語 na とともに nástí（できない）の形でnástí nakaváv（私は呑み込めない）のように用いられる（Miklosich VII, 11）。

　文明語彙（Kulturwort）の例として曜日名を掲げる。これはインド起源ではなく、彼らが通過した国から採り入れた。以下の語形は Boretzky-Igla による。

日曜日　kurkó＜ギ kiriakí「主の（日）」ロマンス諸語 dimanche, domingo, domenica, dumnica＜dies dominica.

月曜日　lúja＜ルーマニア lune「月の（日）」のほかにponedélniko もある。これはセルビア語 ponedelnik より。ロシ

218

ア語 ponedélník と同じで「何もしない ne-del 日の次（po）の日（nik）の意味。この語は Calvet の辞書にはない。

火曜日　márci ＜ルーマニア marţi ＜ラ Martis. ほかに utórnik があり、これはロシア語 vtórnik（フトールニク）と同じで「第2日」の意味。

水曜日　tetrádźi ＜ギ tetárti（第4の）＋ dźi（ラ dies）「第4日」。sredo もあり、これはセルビア語 sreda（ロシア語 sredá）より。

木曜日　četvrko ＜セルビア語 četvrak「第4日」ロシア語 čet-verg（チェトヴィエルク）。水曜日はギリシア式の第4日、木曜日はスラヴ式の第4日。cf. ポルトガル語は quarta-feira「第4日＝水曜日」、quinta-feira「第5日＝木曜日」、sexta-feira「第6日＝金曜日」。ジプシー語の木曜日は、ほかに péfti（＜ギリシア語 pémpti 第5日）と žoj ＜ルーマニア語 joi, cf. ラ dies Jovis がある。

金曜日　paraštúj ＜ギ paraskeví（安息日のための）「準備」。

土曜日　sávato ＜ギ sábbato ＜ヘブライ語で「安息日」。

研究史

　ジプシー語研究の基礎はドイツのポット（August Friedrich Pott, 1802-1887）によって築かれた。2巻からなる Die Zigeuner in Europa und Asien（Halle, 1844-1845）の第1巻は名称の起源、研究の歴史、ジプシーの起源、ジプシー語の音論、形態論を扱い、第2巻は語彙（アルファベットがサンスクリット語の順序になっているのが不便）、テキスト、そのドイツ語訳からなる。

　第1巻の形態論は代名詞の遠近表現など印欧語以外の言語も視野に入れ、一般言語学的に興味深い考察が見られる。そ

の後、ミクロシチ（Franz Miklosich, Wien, 1872-1880）、ヴリスロツキ（Heinrich von Wlislocki, Berlin, 1886）による言語・風俗習慣・民話の研究がある。近年も研究が盛んで、Boretzky（1994, 文法）、Boretzky-Igla（1994, 辞書）があり、Yaron Matras（1995）のような国際会議も開催されている。

音　論

　ジプシー語は近代インド語の一つであるが、古風な音韻特徴が見られる。サ mṛta-（死んだ）がヒンディー語で mua になるのに対して、ジプシー語は mulo のように語中の r（＞l）を保持している。サ trīṇi「3」がヒンディー語で tin になるのに対して、trin と語頭の tr- が保たれている。母音は i, e, a, o, u のほかに ə（＜ルーマニア語 ā, î）、子音は b, d, g, dž, p, t, k, č, ph, th, kh, čh, s, z, š, ž, f, v, m, n, nj, r, ř, h, x がある。ř は zerebrales r ないし r grasseyé と説明され、bar（庭）と bař（バフ；石）が区別される。Kosovo と Serbia では g'＞dź となり、k'＞ć となる。Assimilation の例：ker（作る）＞kerdó（作られた）＜サ kṛtá-；e rakléngoro（男の子の、-goro は形容詞を作る接尾辞）＞e rakléskoro（男の子たちの）。

形態論

　ロシア語などと同様、有生物と無生物の対格が異なる。rakló（少年）の対格は raklés だが、manřó（パン）の対格は主格と同じ。単数の格語尾と複数の格語尾が同じであることは、形態法の膠着性を示している（日本語：私の、私たちの、私に、私たちに）。以下の表は Boretzky-Igla より。

主格 rakl-o（少年）　　　複数 rakl-e

対格 rakl-es	rakl-en
与格 rakl-es-ke	rakl-en-ge
奪格 rakl-es-tar	rakl-en-dar
位格 rakl-es-te	rakl-en-de
具格 rakl-es(s)a	rakl-en-ca
属格 rakl-es-ko(ro)	rakle-en-go(ro)
呼格 rakl-éja!	rakl-ále(n)!

この点、Pott（I, 152）は、この種の膠着性はハンガリー語や近代インド語であるベンガル語やパンジャブ語も同様であると言っている。代名詞me（私）とamen（私たち）についても同様である。

統辞論からは不定法（infinitive）の消失をあげる。I want to eatのような表現はI want that I eatのように表現される。これはバルカン語法として知られ、現代ギリシア語に発し、アルバニア語、ブルガリア語、ルーマニア語に普及したとされる。次はPott（I, 329）がPuchmayerからの例としてあげているものである。

kamav te xav（volo ut edam）'I wish to eat'

kames te xas（volo ut edas）'you wish to eat'

kamel te xal（vult ut edat）'he wishes to eat'

kamas te xas（volumus ut edamus）'we wish to eat'

cf. サ kāma（愛）、te 'that, dass' < tad 'it, that, das'；xav（edo）< ai. khādati 'he eats'

語　彙

ジプシー語の語彙は約3000と考えられる。英国のジプシー語は1400語（Borrow, Romano-Lavo-lil）、Wolfは3862語、

Demeterは5300語を掲載している。ジプシー固有語（ヨーロッパ侵入以前の語彙）は600語である（Boretzky-Igla）。

テキスト

　以下のテキストは、ジプシーが外国人をどのように見ているかについて語ったもので、Pott（第2巻, p.485-487）から採った。PottはこれをリトアニアのニーブゼンNiebudzen（Preussisch-Lithauen）の牧師Zippelsenツィッペルセンの遺品から得たとしている（第1巻, p.xi）。綴り字がドイツ語式で読みにくいが、そのまま掲げる。

1.　性格。O Waldscho hi patuvakró；o Ssasso tschatschopaskero；o Italienaris hi hoino；o Schpaniaris hi avry ssamaskro；o Engellendaris kerla pes ssir baro kòva manusch.［オ・ヴァルジョ・ヒ・パトゥヴァクロ；オ・サッソ・チャチョパスケロ；オ・イタリエナーリス・ヒ・ホイノ；オ・シュパニアーリス・ヒ・アヴリ・サマスクロ；オ・エンゲレンダリス・ケルラ・ペス・シル・バロ・コヴァ・マヌシュ］「フランス人は礼儀正しい。ドイツ人は正直。イタリア人は行儀がよい。スペイン人は外面が嘲笑的。英国人は自分を偉い人間だと思っている」

［注］oは男性定冠詞。Waldscho「フランス人」古代英語のWealh（複数Wēalas）は外国人の意味で、ブリトン人、ウェールズ人をあらわす。古代ノルド語のValir（男性複数）は北フランスの住民、ウェールズ人、ケルト人、奴隷を指し、古代高地ドイツ語walahはロマンス語系の人を指す。Pott第1巻p.8に 'Welsch heisst bei Deutschen alles was fremd ist'（ドイツ人は異国的なものをすべてウェルシュと呼ぶ）とある。hi 'ist' は si（＜サ asti）が普通。Ssasso「サクソン人」とはドイツの主要な民族（cf. ラ saxum 小刀；Anglo-Saxon）。manúš 'Mensch, 人間'

2. 身体。O Waldscho hi zigno；o Ssasso hi baro；o Italienaris nan hi baro, nan hi tikno；o Schpaniaris tikno；o Engellendaris andry jakk.［オ・ヴァルジョ・ヒ・ジグノ；オ・サッソ・ヒ・バロ；オ・イタリエーナリス・ナン・ヒ・バロ、ナン・ヒ・ティクノ；オ・シュパニアーリス・ティクノ；オ・エンゲレンダーリス・アンドリ・ヤク］「フランス人は敏捷。ドイツ人は大きい。イタリア人は大きくも小さくもない。スペイン人は小さい。英国人は人目につく、立派だ」［注］zigno, sigo 'hurtig, schnell'＜ サ śīghra-；nan, nane 'nicht'；andry jakk 'ins Auge'.

3. 衣装。O Waldscho annēla apry nevo tschomone；o Ssasso kerla Waldschos palal；o Italienaris shi tschindo；o Schpaniaris nan hi tschindo；o Engellendaris hi buino. ［オ・ヴァルジョ・アンネーラ・アプリ・ネヴォ・チョモネ；オ・サッソ・ケルラ・ヴァルジョス・パラル；オ・イタリエーナリス・シ・チンド；オ・シュパニアーリス・ナン・ヒ・チンド；オ・エンゲレンダーリス・ヒ・ブイノ］「フランス人は新しいものをまとっている。ドイツ人はフランス人をまねる。イタリア人はケチ。スペイン人はケチではない。英国人は豪華」

［注］Waldchos の -s は 対 格。palal 'von hinten, nach'（kerla palal で 'nach-ahmen'「まねる、まねをする」。tschindo 'knauserig, geizig'（Liebich）「ケチ」（Pott 第 2 巻 204 chindo 'blind'；buino（hoino のミスプリントか）'prächtig' 豪華な。

4. 食事。O Waldscho kamēla latscho tachall；o Ssasso mekkēla

but apry te dschall；o Italienaris na châla but；o Schpaniaris na dēla but love e chamaske avry；o Engellendaris chàla te pjēla but apry. 以下、発音省略。「フランス人は美食。ドイツ人は食事に大いに配慮する。イタリア人は多くは食べない。スペイン人は食事にお金をあまり使わない。英国人は大いに飲食する。［注］tachall=te xal 'zu essen, dass er isst'「食べるために」。mekkēla but apry te dschal 'lässt viel drauf gehen'「大いに配慮する」。te dschal, te džal 'zu gehen, dass er geht'；chamaske は xamásko 'essbar, Vielfrass'「食べられる、大食」の与格。

5.　気質。O Waldscho hi pèriapaskero；o Ssasso hi rakerpaskero；o Italienaris shi kerepaskero kērla, sso wawer kamēla；o Schpaniaris kerla pester but；o Engellendaris na rikkerla jek dsi. 「フランス人は冗談好き。ドイツ人は会話好き。イタリア人は世話好き―他人がしようとしていることをする。スペイン人はもったいぶる（自分から多くを作る）。英国人は気がかわる」［注］pèriapaskero < pherjapé「冗談」。rakerpaskero < rakerél「話す、しゃべる」。kerepaskero < kerél 'machen, make'；wawer, avér 'anderer'「他人の」< サ apara-；pester 'von sich'「自分について」。rikkerla 'hält fest, holds' < rikerél；jek dsi 'ein Herz', cf. サ jīva- 'Leben'

6.　美。O Waldscho hi schukker；o Ssasso na dēla pâlall；o Italienaris nan hi schukker, nan hi dschungeló；o Schpaniaris hi kutti dschungeló；o Engellendaris vēla Engelen paschē. 「フランス人は美しい。ドイツ人はフランス人にひけをとらない。イタリア人は美しくも醜くもない。スペイン人は少し醜い。英国人は天使にちかい」［注］schukker, šukár「schön美しい」；dēla pâlall 'gibt nach'譲歩する < dēl palál；les 'ihn' 彼を；leske 'ihm'

224

彼に。dschungeló, džungaló 'schlecht, abstossend' わるい、いや
な。kutti, gutti（Liebich）'wenig'；vēla 'kommt'＜avél＜　サ
āpáyati.

7. 忠告。O Waldscho hi zigno；o Ssasso tropeskero te bared-
seskro；o Italienaris chôrdseskro；o Schpaniaris lēla pes andry
jakk；o Engellendaris dschala perdal, na dēla pala tschitscheste ts-
chi.「フランス人は早い。ドイツ人は毅然として鋭敏。イタ
リア人は意味が深い。スペイン人は用心深い。英国人は突き
進み、何物に代えても逆戻りしない」［注］lēla 'nimmt'＜lel
＜　サ labhate；pes 'sich'；jakk, jakh 'Auge'；perdál 'durch'；dēla
pala 'gibt zurück'；tschitscheste 'bei etwas（loc. of čiči）；tschi, či
'nichts'

8. 学問。O Waldscho rakerla meschto, tschinnēla fedidir；o
Ssasso na dēla les tschi palall；o Italienaris sso tschinēla fedidir；
o Schpaniaris tschinēla kutti, oder meschto；o Engellendaris tsch-
inēla zikkero［-es?］「フランス人は話し上手だが、書くのは
もっと上手。ドイツ人はフランス人にひけをとらない。イタ
リア人が書くものはみな立派である。スペイン人は少ししか
書かないが、上手に書く。英国人は博識をもって書く」
［注］rakerla 'redet, spricht'；meschto, mištó 'gut'；tschinēla 'schnei-
det, schreibt'（英語のwrite も「板にひっかく」から「書く」
に意味変化した）＜čhinél；les 'ihm'；tschi, či 'nichts'；ado,
ada 'der'（Pott 第1巻269）；shalauter, hallauter 'alles'；hoines 'an-
ständig, ehrenhaft, vornehm'；oder 'aber'（oder の語形確認できず、
ドイツ語の混入か）；zikkerdo = sikadó 'gelehrt, Gelehrter'

9. 学識。O Waldscho dschinel［conj.］shaaster kutti；o Ssasso
hajohla ssalauter meschto；o Italienaris hi zikkerdó；o Schpania-

225

ris, sso jov schinnel, ssaasti annēla avry；o Engellendaris sviet-
iskro zikkerpaskro.「フランス人はあらゆることについて少し
ずつ知っている。ドイツ人はあらゆることをよく理解する。
イタリア人は博識だ。スペイン人は、知っていることに関し
ては、それを表現することができる。英国人は世界の識者
[＝哲学者]である。svietiskro zikkerpaskro（Weltweiser）に関
しては、アイスランド語でも Philosophie を heimspeki（Welt-
weisheit 世界の知識）という。

10. 宗教。O Ssasso (devlekuno) devlister [abl.!] traschetùo；
o Schpaniaris pazzēla butir, sso [sser?] tschatscho hi.「ドイツ人
は神を恐れる、敬虔だ。スペイン人は事実よりも多くを信じ
る、 迷 信 的 だ 」[注] devlekuno 'göttlich' Pott 第 2 巻 311；
devlister, abl.of devél 'Gott' ＜ ai.devatā 'Gottheit'；traschetùno,
trašutnó 'furchtsam' (c.abl.)；so, ser＝sar… よりも。tschatscho,
čačó 'wahr' ＜ ai. satya-

11-15. は原文を省略し、日本語のみを掲げる。

11. 事業。フランス人は勇気がある。ドイツ人はタカのよ
うだ。イタリア人はキツネのようだ。スペイン人は勇敢だ、
戦いにおいて。英国人はライオンのようだ。

12. 奉仕。フランス人はお世辞を言う。ドイツ人は誠実だ。
イタリア人は慇懃（いんぎん）だ、礼儀正しい。スペイン人
は従順だ（?）。英国人は僕（しもべ）のように振る舞う。

13. 歌。フランス人は歌う。ドイツ人はのどをゴロゴロ鳴
らす。イタリア人はシュッと音をたてる（歯の間でしゃべ
る）。スペイン人は伯爵のように堂々と述べる。英国人はほ
える。

14. 結婚。フランス人は自由だ。ドイツ人は主人だ。イタ

リア人は刑務所長だ（妻を囚人のように扱う）。スペイン人
は暴君だ（妻に対して厳格だ）。英国人は召使だ（妻につい
てか？）

15. 女。フランスの女性は誇り高い。ドイツの女性は家庭
的だ。イタリアの女性は囚人のようだ、怒っている。スペイ
ンの女性は奴隷だ（束縛されている）。英国の女性は女王だ、
手に負えない。

ことわざ

ジプシー語で「ことわざ」は phuro lav という（ボン大学の
Prof.Johann Knobloch による）。phuro「古い」（サンスクリッ
ト語 purāná-）、lav「ことば」で、全体で「古いことば、昔の
ことば」の意味である。下記の 1-6 は Ventzel, 7 は Liebich,
8-10 は Pott, 11-12 は Knobloch より。

1. Kon čurdéla dre túte barésa, čurdé dre léste marésa. ［コン・
チュルデーラ・ドレ・トゥーテ・バレーサ・チュルデ・ド
レ・レーステ・マレーサ］「あなたに石を投げる者には、パ
ンを投げよ」前半行と後半行が -esa（単数具格語尾）の脚韻
を踏んでいる。発音上注意すべきは c［ts］。

č［tš］。［ˈ］は口蓋音、é や ú はアクセントを示す。子音の口蓋
音化（palatalization）はロシア語の影響であり、本来のジ
プシー語にはない。文法については kon（he who, wer）は印
欧語特有の疑問代名詞・関係代名詞の語根 * kwi-, *kwo- を
含んでいる。čurdéla は čurdáva（投げる）の 3 人称単数、
barésa は bar（石、Boretzky-Igla では bař）の単数具格、maré-
sa は maró（パン；Boretzky-Igla では manřó）の単数具格、
čurdé（投げよ）は命令形。「石を投げる」を「石で投げる、

石で投げつける」という言い方はギリシア語líthois bállein, 古代ノルド語kasta steini（複数steinum）と同じだし、ロシア語でもbrosát' kámen'（acc.）と並んでbrosát' kámnem（instr.）ともいう。

2. Barval'pé lovénca, čoror'ipé g'il'énca.［バルヴァリペ・ロヴェンツァ・チョロリペ・ギリエンツァ］「富める者はお金で暮らし、貧しいものは歌で暮らす」前半行と後半行が-énca（エンツァ、複数具格）の脚韻を踏んでいる。c［ts］, č［tš］；barval'pé（富）、čoror'pé（貧困）の-ipéは形容詞から抽象名詞を作る接尾辞（ヒンディー語-pan）。lovéncaはlové（お金）の、g'il'éncaはg'ilí（歌＜サ gīti-）の複数具格。

3. Paši mōl pennēna čačepen.「ワインを飲むと人は真実を語る」ギリシア・ローマ時代からのin vino veritas（ワインの中に真実あり）を訳したものと思われる。paši mōl 'beim Wein'（ワインを飲むと）、mōl（ワイン＜サ mádhu, エ mead）；pennēna 'they say, sie sagen'（phenáv 'say, dico'）; čačepen 'truth' ＜ čačó 'true' ＜サ satya-.

4. Lavénca o mósto na kerésa.「ことばで橋を建てることはできない」不言実行。lavénca（ことばで）、mósto（橋）はロシア語mostより。kerésa 'du machst' ＜ keráv 'ich mache' ＜サ kṛ-（作る）。

5. O šilaló pan'í na xas'k'rlá god'í.（冷えたスープを飲んでも頭がわるくなることはない）粗食はむしろ精神を磨ぐ。pan'í（水）は、ここでは「スープ」。サ pānīya-より。god'í（脳、理性）はサ gōda-より。

6. E b'ida god'í b'iyanéla.「不幸は知性を呼び覚ます」哲学的な考察である。eは女性名詞の定冠詞。b'ida（悲しみ、不幸）

はロシア語bedáより。b'iyanéla（呼び覚ます）はサ*vi-janati
より。

7.　I tarni romni har i rosa. I puri romni har i džamba.「若い女は
バラのようだ。年老いた女はヒキガエルのようだ」iは6.のe
と同じで、女性定冠詞。tarno（若い）はサtaruna-より。
har=sar（…のような、like, wie）。puro, phuro（古い、老いた）。
romni（女、妻）はrom（男、夫、ジプシー）の女性形。
džamba「ヒキガエル」。

8.　O svietto hi sir e treppe；o jek džala apry, o wawer džala te-
helé.「世界は階段のようなものだ。登る人もあれば、降りる
人もある」。ヨーロッパの種々の言語にある。栄枯盛衰は世
の習い。競争の世界である。svietto（世界）はスラヴ語svet
より。hi 'he (she, it) is'. sir=sar, har 'like, wie' (cf.7). e treppe（階
段、梯子）はドイツ語より。eは女性定冠詞（ドイツ語
Treppeも女性名詞）。o jek 'the one, der eine'；wawer= aver 'the
other, der andere'；džala 'er geht' ＜ サ yáti；apry=avri 'out, out-
side, aussen, draussen, hinaus'（外に行く、活躍する）；tehelé=
telé 'down, unten'.

9.　Patuvale láva kērela but, te mollevēna kutti.「丁寧な言葉は
無料なのに、多くのことを可能にする」patuvalo「礼儀正し
い」；láva=aláv（言葉）の複数。but 'much, viel' ＜ サ bahu（cf.
bahuvrīhi- "having a lot of rice"）。te 'and, that'；mollēvena 'they
cost, sie kosten'；kutti 'little'.

10.　Matte manuša te tikkene čave pennēna o čačepen.「酔っぱ
らいと小さな子供は本当のことを言う」。3. の「ワインの
中に真理あり」と同じ。mato（酔った）＜サ matta-；čavo（少
年、息子、子供）＜サ sāva-.

11. Pen či glan o gadžende, te pene o čačepen rakre romanes.「白人の前では何も言うな。真実を言うときはジプシー語で言え」。迫害されてきたジプシーの警戒心を語っている。pen「言え」命令形＜phenáv 'say, sprechen'；glan…「の前で」。gadžende＜gadž-en-de（loc.pl.）。gadžo「白人、農夫、家の人」＜サ gṛha-「家」。te 'when, wenn'；rakre=rakker 'speak！ sprich！'（Pott 第2巻268）。romanes は副詞「ロマニー語で、ジプシー語で」。

12. Sintenge jak džala putegar vri.「ジプシーの火は決して消えない」。この「火」は「精神、血」の意味。ジプシー族は滅びない、の意味。sinto（pl.sinti）は中部ヨーロッパやドイツのジプシーを指す。sint-en-ge は複数与格。jak=jag「火」＜サ agni-；džala 'goes, geht'；putegar 'never, niemals'；vri 'out, aus, hinaus'.

　原語は不明だが、ほかに次のものがある。Bonsack, Wedeck などより。「魚には水が、鳥には森が、ジプシーには女と歌が必要だ」「一番むずかしい術は盗む術だ」「悪魔は退屈すると二人の女を喧嘩させる」「乙女のときはバラ、妻になるとイバラ」「片手が片手を洗い、両手が顔を洗う」（ラテン語 manus manum lavat 片手が片手を洗う、助け合いの精神）

ジプシー民話：ダイヤモンドのタマゴを生むメンドリ

　Bukovina（ブコヴィナ；ド Buchenland「ブナの森地方」、ウクライナ西部、ルーマニア北東部）のジプシー民話。F. Miklosich（ミクロシチ；IV, 1874）より。行間にラテン語訳が添えられている。母音 ŭ は英語 but, blood の音（ъ；ルーマニア語 î）。

1. Sas ek manúš čoró, haj sach les trin rakroló. (Erat homo pauper, et erant ei tres filii.) ある貧しい男に3人の息子がいた。

［注］sas='erat'（Boretzky）；ek=yek 'a, one'；manúš 'homo'；čoró 'poor'；haj < thaj < ai. tathāpi 'so, in der Weise'；sach 'erant'（Miklosich, IX, p.51 は単数も複数も sas）；les 'ei, ihn, ihm'；trin 'three'；rakloró, pl.of rakló 'boy (non-gypsy), son'.

2. h' aral'ás o maj cîgnó šou grijcári, haj pend'as (et invenit natu minimus sex crucigeros, et dixit：末の息子が6クロイツァーを見つけて言った。［注]h' = haj 'so, in der Weise'；arakl'ás 'found', pret.3.sg.of arak 'to find' (-ás は過去)；o 'the', masc.；maj 'more'；cîgnó=ciknó 'small', o maj ciknó 'the smallest'；šou「6」；grijcár 'Kreuzer' 小貨幣（十字架像がある）；pend'ás, pret.3.sg.of phen 'to say', ai.bhánati 'laut rufen'.

3. 'ále, dáde, ále túkî kadól šou grijcári, haj že and o fóru. (cape, pater, hos sex crucigeros, et i in urbem,「お父さん、この6クロイツァーを持って町へ行って」［注] ále (adv.) ále, ále túkî 'nimm, da hast du'；dád 'father'；kadól, pl.of kadó 'this'；že 'go!' imp.of 2.sg.of ža 'to go', džal, ai.yáti；and 'in'=andré < ai.antare 'inside'；fóru 'town, city' < gr.phóros.

4. haj t'iné oare so'. haj gîl'ás o phuró o fóru,
   (et emes aliquid', et ivit senex in urbem,「何か買って来てよ」。そして老人は町へ行った。［注］t'in, t'ine 'buy！'；oare 'irgend etwas'；gîl'ás, pret.3.sg. of ža 'gehen', -as は過去の語尾。1. のs-as も同じ。phuró 'old, old man' < ai.vṛddha-.

5. haj t'indóu ek kajńí, h' andóu la khîrî.
   et emit unam gallinam, et attulit eam domum.
   「そしてメンドリを1羽買って、家へ持ち帰った。」

［注］t'indóu, pret.3.sg.of t'in 'kaufen'；kajńi 'hen' 語源不明（Bo-retzky-Igla）。andóu, pret.3.sg. of an 'holen, bringen' < ai.ānáyati 'herführen'；la, prep.'to'；khîrî=kher 'house'<ai.gṛha-.

6. haj kîd'óu e kajńi ak anró adjamantósko.

et fecit gallina unum ovum adamantum.

すると、メンドリはダイヤモンドのタマゴを生んだ。

［注］kîrd'óu, pret.sg.3 of kîr, kar 'machen, tun, bauen, gebären legen（Eier）' < ai. károti；e 'the', fem.；anró 'egg' < ai.āṇḍa；adjamantósko, sg.gen.of adjamánto 'diamond'

　以下、日本語で要約する。翌朝、老人はこのタマゴを持って町へ行き、商人にタマゴを売った。「いくらほしいか」「100グルデンほしい」。老人はお金を受けとり、そのお金で食糧を買い、子供たちを学校へ行かせた。次の日も、メンドリはダイヤモンドのタマゴを生んだ。老人はまた100グルデンを得た。次の日もまたタマゴを生んだ。そのタマゴには次のように書かれていた。「メンドリの頭（širó, caput）を食べる者は皇帝になるであろう。心臓を食べる者は、毎晩、枕の下に1000ドゥカット（ek míje gálbeni, mille aureos）を得るであろう。足（pînrî, pedes）を食べる者は予言者（nazdrîvánu, propheta）になるであろう」。老人が死んだあと、商人が村にやって来て、未亡人と結婚した。二人が教会から帰る前に、商人はメンドリを料理しておくように料理人に命じた。ところが、子供たちが学校から帰って来て、長男はメンドリの頭を、次男は心臓を、三男は足を食べてしまった。商人と未亡人が教会から帰って来て、事の次第を知ったとき、商人は、いまは妻となった彼女に言った。「彼らに苦いコーヒー（káva kîrtí, coffeam amaram）を飲ませて、吐き出させな

さい」。子供たちが帰って来たので、母はコーヒーを彼らに
与えたが、三男が言った。「飲んじゃいけない、死ぬぞ。新
しい父はぼくらを殺すつもりだ」。三人は広い世界に旅立っ
た。ある国（cînúto, regnum, Land, rum.cinut）に来たとき、皇
帝（împarátu,imperator, rum. împărat 'König'）が死んで、王冠
が教会に置かれていた。その王冠（korúna, corona）が頭上
に舞い降りた人が皇帝になることになっていた。あらゆる階
級の人が教会に集まっていた。三人の兄弟もそこにいた。王
冠は長男の頭に舞い降り、長男が皇帝になった。次男は別の
国に去ったが、三男は長男の地にとどまった。次男が別の王
国の娘と結婚し、その地の皇帝になったが、妻が裏切ったた
め、窮地に陥った。しかし、三男がこれを救った。

　妻には愛人（piramnó, amator）がいたのだ。妻の裏切りに
より、皇帝の座を追われた次男は、森の中で空腹になったの
で、森のリンゴを食べた。すると、ロバ（magári, asinus）に
なってしまった。次の畑のリンゴを食べると、もとの人間に
戻った。散歩に来た妻は、平民の姿に戻った夫に気づかず、
リンゴは売り物かと問うので、夫は、さようです、と答えた。
妻はリンゴを食べたので、ロバ（magaríca, asina）になって
しまった。後悔した妻に畑のリンゴを与えると、妻は人間に
回復し、夫は皇帝の座に返り咲いた。

　人間→ロバ→人間のモチーフはグリムの『キャベツのロ
バ』（KHM 122）にもある。

文献解題

Bonsack, Wilfried M.（1976）. Unter einem Regenbogen bin ich
heut gegangen. Sprichworte, Schnurren und Bräuche südeu-

ropäischer Zigeuner. Kassel, Erich Röth-Verlag. 197pp.［南欧ジプ
シーのことわざ、小話、風俗習慣。表題は、今日、私は虹の
下に出かけた、の意味。虹は母なる大地が危険の際にジプ
シーを守るために投げてくれる色彩の美しい帆を表す］

Boretzky, Norbert（1944）. Romani. Grammatik des Kalderaš-Di-
alektes mit Texten und Glossar. Berlin, Harrassowitz Verlag, Wies-
baden. xiv, 299p.［カルデラシュ方言はバルカン半島および南
欧諸国を指す。kalderaš はルーマニア方言で銅細工師、いかけ
屋の意味］

Boretzky, Norbert, und Birgit-Igla（1994）. Wörterbuch Roma-
ni-Deutsch-Englisch. Mit einer Grammatik der Dialektvarianten.
Harrassowitz, Wiesbaden. xxi, 418p.［語源が記されているのが
ありがたい。p.331-338にインド、イラン、アルメニア、ギ
リシアの語源のリストあり］

Borrow, George（1841）The Zincali, or an account of the Gypsies
of Spain, with an original collection of their songs and poetry, and a
copious dictionary of their language. 2 vols. xii, 362p. 156p.
135p.；（1851）Lavengro, the scholar, the Gypsy, the priest. 3 vols.
x, 360p.；xi,366p.；xi,426p.；（1857）The Romany rye, a sequel
to Lavengro, 2 vols. xi, 372p. vii, 375p.；（1874）Romano lavo-lil,
Wordbook of the Romany, or the English Gypsy Language. With
many pieces in Gypsy, illustrative of the way of speaking and
thinking of the English Gypsies. vii, 331p. 以上すべてLondon,
John Murray 刊。学習院大学英文科所蔵の The Works of George
Borrow in 16 volumes, ed. by Clement Shorter. London, Constable
& Co. 1923 に収められる。lav-engro=word-master, linguist; la-
vo-lil =word-book；Romany rye=Gypsy gentleman の意味。

George Borrow（1803-1881）はThe Bible in Spain（1843）で有名な作家。英国のジプシーと親しく交際し、彼らの言語と習慣を学んだ。彼らからGypsy gentlemanと呼ばれた。Romano-lavolil（1874）に次のようなバルカン語法が記されている。I wish to go=caumes te jas（thou wishest that thou goest）, they wish to go=caumen te jallan（they wish that they go）；I must go=hom te jav（I am that I go, hom=som 'I am'）, they must go=shan te jan（they are that they go）など、Pottと並んで、当時のジプシー語の例として貴重な資料である。George Borrowについては下宮『アンデルセン童話三題ほか20編』近代文藝社（2011, 33-101）を参照。

Calvet, Georges（1993）. Dictionnaire tsigane-français（dialecte kalderash）, avec indexe françaistsigane. Paris, L'Asiatique. 462p. ［3257語、語源あり］

Demeter, Roman Stepanovič（1990）. Cygansko-russkij i russko-cyganskij slovar'（Kelderarskij dialekt）. Moskva, Russkij jazyk. 334p. ［5300語のジプシー語・ロシア語p.21-179, ロシア語・ジプシー語183-229, ジプシー語・英語233-281, 男子・女子名282-284, 文法285-306, テキストとそのロシア語訳307-315, ジプシー事物挿絵319-333. 衣装、馬車、道具、食器、家屋など興味深い。語形が統一されていて使いやすい。語源はない］

Gjerdman, Olof, and Erik Ljungberg（1963）. The Language of the Swedish Coppersmith Gypsy Johan Dmitri Taikon. Grammar, Texts, Vocabulary and English Word-Index.（Acta Academiae Regiae Gustavi Adolphi, xl）Lundequistska Bokhandeln, Uppsala. xxiii, 455p. ［Taikon（1879-1950）はジプシー語でMilošと呼ばれ、カルデラシュ・ジプシーに属する。スウェーデンの

Hälsingland州Bollnäsに生まれ、ノルウェー、フィンランド、ロシア、バルト諸国、ポーランド、ドイツ、フランスに滞在した。本書はTaikonの言語の詳細な記述で、phonology 3-28, word-formation 31-41, inflection and syntax 45-146, texts（8 stories）149-189, Gypsy-English word-list 193-396, English word index 399-451. 詳しい語源を付す。Taikonのジプシー語彙3600語のうちルーマニア語起源は1500, スラヴ語140（うちロシア語40）、ギリシア語85, ハンガリー語80 ～ 90]

Hancock, Ian（1998）. Romani（pp.378-382）. In：Glanville Price, ed. Encyclopedia of the language of Europe. Blackwell, London.

Knobloch, Johann, und Inge Sudbrack（hrsg. 1977）. Zigeunerkundliche Forschungen, I. Innsbruck.

Liebich, Richard（1863）. Die Zigeuner in ihrem Wesen und in ihrer Sprache. Nach eigenen Beobachtungen dargestellt. Wiesbaden, F.A.Brockhaus.x,272p. ［Reprint Dr.Martin Sändig oHG 1968, mit Zigeunerliteratur von Erich Carlsohn. 語彙はp.125-168とわずかだが、他の辞書にないものがあり、意外に役立つ]

Matras, Yaron（ed.1995）. Romani in contact. Papers from the First international conference on Romani linguistics, Hamburg, May 1993. Amsterdam, John Benjamins（Current issues in Linguistic Theory, 126）xvii, 205p.

Miklosich, Franz（1872-1880）. Über die Mundarten und Wanderungen der Zigeuner Europa's. I-XII Theile（Denkschriften der Kaiserlichen Akademie der Wissenschaften, phil.-hist. Classe, 21.-31.Bd.）Wien. I. Die slavischen Elemente in den Mundarten der Zigeuner; II. Beiträge zur Grammatik und zum Lexikon der Zigeunermundarten；III. Die Wanderungen der Zigeuner；IV.

Mährchen und Lieder der Zigeuner der Bukovina. Erster Theil.
Texte mit lateinischer Interlinear-Version；V. Mährchen und Lieder
der Zigeuner der Bukovina. Zweiter Theil. Glossar. VI. Beiträge zur
Kenntniss der Mundart in Galizien, in Sirmien und in Serbien. Über
den Ursprung des Wortes 'Zigeuner'. Armenische Elemente im Zi-
geunerischen.

　　筆者が30年間探し求めてやっと2000年にJan de Rooy
（Kamerick bei Rotterdam）から入手できたのはTheile VII-XII
（1876-1880）で、その内容は次の通り。VII.Zigeunerisches
Wörterbuch, A-K, p.3-89, VIII.Zigeunerisches Wörterbuch, L-Z,
p.3-110. IX.Phonologie der Zigeunermundarten, p.3-51, X.
Stammbildungslehre der Zigeunermundarten, p.1-95, XI.Morpho-
logie der Zigeunermundarten, p.1-53, XII.Syntax der Zigeuner-
mundarten, p.3-62（Literatur 59-60）. 著者（1813-1891）はWien
大学教授。スラヴ語比較文法とスラヴ語語源辞典の著者。
Nabu public Domain reprints 2010.

Pott, August Friedrich（1844-1845）. Die Zigeuner in Europa und
Asien. Ethnographisch-linguistische untersuchung, vornehmlich
ihrer Herkunft und Sprache. 2 Theile. Halle. reprint 1964. Erster
Theil：Einleitung und Grammatik. xvi, 476p. Zweiter Theil：Ein-
leitung und Grammatik. xvi, 476p. Zweiter Theil：Einleitung über
Gaunersprachen, Wörterbuch und Sprachproben. 540p.［言語学史
に出る著名な印欧言語学者によるジプシー語の総括的な研究。
その師Franz Bopp、ジプシーの先達Lorenz Diefenbach
（Gross-Steinheim）, Graffunder（Erfurt）に捧げられている。当
時の習慣からか、Jacob GrimmのDeutsche Grammatik（1819,
第2版第1巻1822）などと同様、目次がない。私の所有して

いる第1巻は1844年のもので、1980年、三修社の古書部から入手した（6300円）。Reprint 1964には Heiz Mode（Halle）と Johannes Mehlig（Leipzig）の序文が寄せられ、Pott が Romaniphilologie（ジプシー語研究）に取り組んだのは、ジプシーに対する不当な蔑視と軽蔑をやめるように警告したからだったと述べている。Pott（1802-1887）は Prof. für allgemeine Sprachwissenschaft an der Universität Halle で、Wilhelm von Humboldt und die Sprachwissenschaft（1876, 1880^2）の著者]

Ventzel, T.V.（1983）. The Gypsy Language.（North Russian Dialect）. Moscow.

Wedeck, H.E.（1973）. Dictionary of Gypsy Life and Lore. London, Peter Owen. vi, 518p.［ジプシーの風俗習慣に関する百科事典］

Wolf, Siegmund A.（1987）. Grosses Wörterbuch der Zigeunersprache（romani tšiw）. Wortschatz deutscher und anderer europäischer Zigeunerdialekte. 2.Aufl. Helmut Buske Verlag, Hamburg, 287p.［3862語；Wolf は Pott, Miklosich を生んだ19世紀を die grosse Zeit der Romaniphilologie と呼んでいる。巻末に deutsch-zigeunerisch 用の索引あり］

日本語文献

風間喜代三「ロマーニー語」『言語学大辞典』第4巻、三省堂, 1992, p.1068-1070.

ジュール・ブロック著、木内信敬訳『ジプシー』白水社、文庫クセジュ。1973, 第5刷1979. ii, 153頁［著者（1880-1953）はインド語が専門の言語学者］。

木内信敬『青空と草原の民族　変貌するジプシー』白水社（白水叢書51）、1980. 241, 10頁［ジプシーの起源、生活と職

業、社会と文化、差別と迫害、新しいジプシー像、世界分布と欧米各国の状況を描く。著者は千葉大学教授、英文学者だが、古くからジプシー問題研究家]。

木内信敬『ジプシーの謎を追って』筑摩書房（ちくまプリマーブックス32）、1989, 200頁 [カルメン、フラメンコ、流浪の民などの名称で知られる民族ジプシーの起源、文化、風俗、日常生活を平易に紹介した本]。

平田伊都子『南仏プロヴァンスのジプシー』南雲堂フェニックス、1995, 164頁 [写真・イラスト・川名生十。プロヴァンスに初めてジプシーが現れたのは1419年、当初から農民はジプシーを安い労働力として利用してきた]。

テキストのための語彙

[略語 ai.=altindisch ; alb=albanisch ; arm.=armenisch ; gr.=griechisch ; idg.=indogermanisch ; lat.=lateinisch ; pa.=pāli ; pers.=persisch ; pr.=prākrit ; rum=rumänisch]

a しかし、そして。セルビア語より。ロシア語と同じ用法。

adjamánto ダイヤモンド ; adjamantósko ダイヤモンドの

ado, ada 'the, der' Pott I.269.

aláv=lāva

ále 'take ! nimm ! cape!'

an 'on, auf'

and, andre prep. in, into, to

andar 'from' [ai.antarāt（abl.）中から外へ]

andóu 3.sg.pret.of an 'fetch, bring' ; 'attulit'

andry, andré 'in, inside'

anél 'brings' < annēla 'bring' ; annēla avri 表現する [ai.ānáyati]

anró 'egg' [ai.āṇḍa]

apry, avrí 外へ、外面的に

arakl'as 'he found, invēnit'

avér, wawer 'other, another' [ai.apara-]

avry, avrí 外へ=apry [pr.vāhila, vāhira]

bar 庭 [pr.vāda-, vāta- 'Zaun']

bař 石 ; barésa 石で（instr.）[パンジャブ語vattā]

baredseskro 'scharfsinnig' 鋭敏な

baró 大きい [ai.vadra-]

barval'ipé 富、金持ち [barvaló 'rich']

baxt [バハト] 幸運、喜び、協会 [pers.baxt]

b'ida 悲しみ、不幸 [＜ rus. bedá]

b'iyanéla呼び覚ます［ai.*vi-jan-ati, know, kennen, r.znat'］

buíno (hoinoの誤植か) 豪華な

but 'much, viel'［ai.bahutva-］

butir, butedér 'more'［comparative of but］

čačepen事実［＜čačó］

čačipé真実［＜čačó 'true'＜ai.satya-］

čačó真実の

čačopaskero正直

camov=kamov, kamav 'I love, I wish'（Borrow）

čavó, čhavó少年（non-gypsy）、息子、子供［ai.sāva］

chāla 'eats'＜xal- 'to eat'［ai.khādati］

chamaske, dat.of xamāsko- 'edible'

chôrdseskro 'tiefsinnig'＜xor深い［arm.xor深い］

či 'not'［arm.（o)č 'not'］

čičeste 'bei etwas' 何かと比べて loc.of čičir

čindoけちな 'knauserig, geizig'

činnēla, činél 'schneidet, schreibt'［板に刻む→書く英語writeも、
もとは木片に刻む、だった］

čomóni 'something'

čoró 'poor'

čoror'ipé貧困、貧しい者［＜čoró］

č'urdéla 'throws, wirft'＜čhúdel 'to throw'

cънúto, cънútu 'regnum, Land'［rum.cînut］

dad 'father', voc. dade 'father, pater'

del 'gives, gibt'［ai.dádāti］

dēla 'give, geben'；dēla pala 'zurückgeben' 返す；dēla pâlall 譲る、
遅れる

devél 神、天、宇宙 [ai.pa.devatā 'Gottheit'；Pott 第1巻311]

devlekuno 'göttlich' 神の、敬虔な

devlister, abl.of devél 'Gott' 神（を恐れる）Pott 第2巻311.

dre（=andre）prep.'in'

dschungeló, džungaló ひどい、醜い

džala 'goes' [ai.yāti]；džala apry 外に出る、活躍する；džala tehelé 'goes down'；džala vri 'goes out' 消える

džamba, žamba ヒキガエル

džanel 'knows'

e 'the' 女性定冠詞=i（e treppe 'die Treppe, the stair'）

ek=yek 'one'

ek míje gálbeni 'mille aureos'

Engelen, acc.of englo 天使

Engellendaris 英国人

fedidir, fedér 'better' [ai.bhadra + 比較級 -(d)er]

fóru 'town, city' [gr.phóros]

gadavá 'this'

gadžende < gadž-en-de, loc.of gadžo 白人、農夫、家の人 [ai. gṛha- 家]

gálbъnu, pl.of gálbeni 'Dukaten' [gálbeno 'yellow, golden']

g'l'énca, dat.instr.of g'lí 歌 [ai.gīti-]

glan …の前で

god'í 脳、理性 [ai.gorda-]

grijčári 'Kreutzer'（小貨幣、十字架の印がある）

gutti, kutti 少し

gъl'ás, pret.3.sg.of ža 'to go' [異語根]

h'=haj

haj 'and'

hallauter, shalauter, shaaster すべて（alles）

har, sar 'like' …のように

hi 'he is, she is, it is' ［si が普通＜ai.asti 'is, ist'］

hoines, fem.of hoino 'anständig, ehrenhaft, vornehm'

hoino（Pott 第 2 巻 174）'gut, vortrefflich,tugend-haft, tugendsam, fleissig, heilig, fromm'

i 'the' 女性定冠詞（=e）i godli 'the noise'

Italienaris イタリア人

jak 火 ［ai.agni-］

jakk, jakh 目 ［ai.akṣi］

jek 'one' ［ai.eka-］

jek dsi 'ein Herz, a heart' ［ai.jīva- 'life'］

jilú, jiló, iló 'Herz, cor' ［ai.hṛdaya-］

jov=vov 'he'

kadó 'this'

kadól, pl.of kadó

kajńí 'hen, gallina'

kalo 黒い ［ai.kāla］

kamav 'I wish' ［cf.ai.kāma 愛］

kaméla 'likes, wishes, liebt, wünscht' ＜ kamél 'to wish' ［ai.kāma 愛、願望］

kava kъrtí 苦いコーヒー（coffeam amaram）

kekar 'never'

ker, kar, kъr 'make, do' ［ai.kṛ］

keráv 'I make' ［ai.kṛ］

kerél 'to do, make, work'

243

kērela=kerla

kerepaskero 世話好き ＜ kerél

kerésa 'thou makest'

kerla 'makes, believes' [ai.kṛ]

kerla pes 'believes himself (to be)'

kher 'house' [ai.gṛha-]

kon 'who, he who, wer' [idg.*kwi-/kwo-]

kòva, kov'á 'this, dieser, Füllwort (Boretzky-Igla)'

kutti, gutti (Liebich) 少し

kʰd'óu, pret.of kʰr, kar 'machen, tun, bauen, gebären, (Eier) legen
    [ai.kṛ-]

kʰrtí, kertó 'bitter' [ai.katuka-]

lako, lake, dat.of oj 'she'

las, la, acc.of oj 'she'

latscho, lačhó 'gut, schön, passend' [ai.lakṣmī 'gutes Zeichen,
    Glück']

lāva, pl.of aláv 言葉

lavo-lil 'word-book'

lavénca, instr.of lāva, 言葉で

lēla 'takes'；lēla pes andry jakk 外に目を向ける、用心深い ＜ lel
    'to take' [ai.labhate]

les, acc. 'him, ihn；dat.'him, ihm'

leske, leste, dat. 'him, ihm'

love, pl.of lovó お金、金貨；lovénca お金で [ai.loha-]

magári 'asinus, magaríca 'asina' [＜ ai.]

maj 'more'；o maj cignó 'the smallest' [L.magis]

manuš 人間．manušen, acc.pl.of manuš 人間

marésa パンで（instr.of maró）

marno, manřo, maro パン［ai.maṇḍa- おかゆ］

mató, matto 酔った［ai.matta-］

me 'I, ich'

mekkḗla 'lets' させる＜mekél 'to let'

meschto, mištó 'well, gut'

mōl ワイン［ai.mádhu 蜜酒, mead, rus.mëd］

mollevḗna 'they cost'

mósto 橋［rus.sb.most］

mulo 'dead'［ai.mṛta-］

nan, nane 'not'

naští 'cannot'［ai.nāsti＜na asti 'is not'］

nazdrъvánu 'propheta, Seher'

nevo, nevó 新しい［idg.］

ni 'not' スラヴ語一般に 'auch nicht'

o 'the' 男性定冠詞（o svietto 'the world'）

o jek 'one of them, der eine'

o maj cъgnó 'the smallest, youngest, natu minimus'

o wawer 'the other'

oare so 'something, irgend etwas'［rum.oare］

oder しかし Pott 第2巻 487（この語は確認できず）

opre 上に［ai.uparí］

palal 'von hinten, nach'

pan'í 水（ここではスープ）［ai.pānīya-］

paschē, pašé 近くに［ai.pārśve］

paši mōl 'beim Wein' ワインを飲むと

patuvakró 礼儀正しい＜paćív 名誉［arm.pativ 名誉］

pazzēla 'believes' < paćal 'to believe'

pe 'on, auf' [ai.upari]

pen 言え imperative of phenáv 言う、話す [ai. bhanati]

pend'ás 'he said', 3.sg.pret.of pen, phen, phenáv

pennēna 'they say'（phenáv 'dico'）

perdál 'through'

pèriapaskero 冗談好きの < pherjapé 冗談

pes 'oneself, sich' [pr.appa, atta, ai.ātman 魂、自身]

pester 自分から 'von sich'

phenáv 'I say,dico' [ai.bhanati]

phuró 古い（phuro lav 古い言葉、ことわざ）[ai.vṛddha-]

piramnó 愛人, amator [ai.priya- 'lieb']

pjéla 'he drinks', 3.sg.pres.of pijél 'to drink' [ai.pibati]

pravel, parvarél 養う.

puro, phuro 'old'

putegar 'never'

pъnrъ 'pedes', punřó 'foot' [ai.piṇḍa- 'Klumpen, Stück]

raj 'king, gentleman'（The Romany Rye, by G.Borrow）

rakerla 'speaks' < rakerél 'to speak'

rakerpaskero おしゃべり好きな

rakló 'boy（non-gypsy）, son', pl.-ló [ai.laḍḍa- 'boy']

rakre, rakker 'sprich !' 話せ（Pott 第2巻268）

rikkerla 'holds, hält fest' [rikerél 'to hold, festhalten']

rom ジプシー、男、夫 [原義：人間]

romanes（adv.）ロマニー語で、ジプシー語で.

romni 女、妻, fem.of rom.

rosa バラ

sach 'they were, erant'

samaskro, asavnó 嘲笑的 'lächerlich, höhnisch'

sar…のような、ように. sir, har

sas 'he was, erat'

sasti 'can'

schinnel=džanél 'knows'

Schpaniaris スペイン人

schukker, šukár 'schön'

ser=sar…よりも

shaaster, shalauter 'all, everything, alles'

si, shi=hi 'it is, es ist' [ai.asti]

sigo, zigno 早い、速い [ai.śīgra-]

sikadó 博識の、学者 [原義：教えられた, cf.L.doctus]

šilaló 冷えた 'cooled, gekühlt'

sint-en-ge, gen.pl.of sinto

sinto（pl.sinti）中部ヨーロッパのジプシー

sir=sar, har 'als'…のように、…として（Liebich）

so 疑問代名詞、関係代名詞 'who, which, that which' [ai.kasya 'whose, wessen']

som 'I am' [ai.asmi]

šou 'six'.

Ssasso サクソン人（ドイツ人）[cf.lat.saxum 小刀]

ssasti, sasti, 'can, kann' [＜s-asti? cf.nasti 'cannot']

sso=so

štar 'four' [ai.catvāra-]

šudró 'cool'

svietiskro zikkerpaskro 世界の識者（哲学者）

svietto 世界 [slav.svet]

šъró, šeró 'Kopf' [ai.śiras-]

ta 'and'

tachall=te xal 'to eat, that he eats'

tarno 'young' [ai.taruna-]

te 'and, that, dass' [ai.tad, lat.istud, got.þata, e.that, slav.to]

te dschal, te džal 'to go, that he goes'

thaj 'and' [ai.tathāpi 'so, in der Weise']

tiknó 小さい [ai.tīkṣṇa- 'scharf, heiss, fein']

t'indóu 'he bought', 3.sg.pret.of t'in 'to buy'

t'iné 'buy!', 2.sg.imp.of t'in 'to buy'

traschetùno, trašutnó を恐れる (adj.c.abl.) [traš 恐怖]

treppe 階段、梯子 [＜ドイツ語] e treppe= ド die Treppe

trin 'three'

tropeskero 毅然とした 'standhaft'

tschatscho, čačó 真実の, 'wahr' [ai.satya-]

tschi, či 'nothing'

tschindo ケチな 'knauserig, geizig' (Liebich)

tschinēla, chinél 'schneiden, schreiben'「切る、刻む」から「書く」への意味変化は英語の write を参照

tschitscheste, čičeste 何かに比べて、何かのもとで、何物に代えても 'bei etwas' (loc.of čiči)

tut 'thee, dich' [nom.tu ＜ ai.tvam]

túte, loc.of tu 'in, unto you'

vēla 'comes' ＜ avél [ai.āpáyati]

vov 'he'

vri 外へ．á ～

248

Waldscho フランス人（ドイツ人からみたフランス人、英国
　　人からみたウェールズ人）［原義：異国の］

waver, wawer=avér 'the other, another'

xal 'eats' ［ai.khādati］；xala, xalja, pret.of xal 'eat'

xamasko 'edible' 食べられる：大食家

xas'k'rlá ' （it) ruins' (3.sg.pres.of xas'k'iráva)

yek, ek 'one'

žamba カエル、ヒキガエル［＜gr.zámpa］

že 'go！', 2.sg.imp.of ža, džal 'to go'

zigno=sigo 早い、速い［ai.śīgra-］

zikkerdo=sikadó 博識の、学者

zikkerpaskro 賢者

ъ(Bukovina, =rum.î) その他 ə=a, i, u［Boretzky-Igla］

ъmparátu 'imperator'［rum.împarat 'König'］

　　　［学習院大学人文科学研究所『人文』3（2004)］

著者プロフィール

下宮 忠雄（しもみや ただお）

1935年、東京生まれ。1961年早稲田大学第二文学部英文科卒。
1961-1965東京教育大学大学院でゲルマン語学、比較言語学専攻。
1965-1967ボン大学留学。1967-1975弘前大学講師、助教授（英
語学、言語学）、1977学習院大学教授（ドイツ語、ヨーロッパの
言語と文化）、2005同、名誉教授。2010文学博士。主著：ドイツ
語語源小辞典；ドイツ西欧ことわざ名句小辞典；グリム童話・伝
説・神話・文法小辞典；バスク語入門（言語と文化）；ノルウェー
語四週間；言語学I（英語学文献解題I）。

アンデルセン名句ほか

2023年11月15日　初版第1刷発行

著　者　下宮　忠雄
発行者　瓜谷　綱延
発行所　株式会社文芸社
　　　　〒160-0022　東京都新宿区新宿1-10-1
　　　　　　　　　電話　03-5369-3060（代表）
　　　　　　　　　　　　03-5369-2299（販売）

印　刷　株式会社文芸社
製本所　株式会社MOTOMURA

ISBN978-4-286-24637-6　　　　JASRAC　出2306575-301